# 莲叶何田田

钟慈◎著

中国财富出版社

图书在版编目（CIP）数据

莲叶何田田 / 钟慈著. —北京：中国财富出版社，2019.7

ISBN 978 - 7 - 5047 - 6981 - 7

Ⅰ. ①莲… Ⅱ. ①钟… Ⅲ. ①中国文学—当代文学—作品综合集 Ⅳ. ①I217.2

中国版本图书馆 CIP 数据核字（2019）第 148221 号

策划编辑 郝婧婕　　责任编辑 齐惠民　蔡　莹

责任印制 梁　凡　　责任校对 张营营　　责任发行 董　倩

出版发行 中国财富出版社

社　　址 北京市丰台区南四环西路 188 号 5 区 20 楼　　邮政编码 100070

电　　话 010 - 52227588 转 2098（发行部）　　010 - 52227588 转 321（总编室）

010 - 52227588 转 100（读者服务部）　　010 - 52227588 转 305（质检部）

网　　址 http://www.cfpress.com.cn

经　　销 新华书店

印　　刷 北京九州迅驰传媒文化有限公司

书　　号 ISBN 978 - 7 - 5047 - 6981 - 7/I · 0299

开　　本 880mm × 1230mm　1/32　　版　　次 2020 年 9 月第 1 版

印　　张 8.75　　印　　次 2020 年 9 月第 1 次印刷

字　　数 182 千字　　定　　价 36.00 元

# 自序

## 言为心声

言为心声，书为心画，文如其人。

我是一个文学爱好者，又是一个不善交际，嘴拙舌钝之人。每当遇事，或触景生情、或睹物思人，则感慨系之，情不自禁地拿起笔来，以笔代言，写出自己此时此刻的观感。

没有刻意，没有修饰，说想说，写想写，直抒胸臆。

用眼睛发现美，用发自内心的热情，赞美祖国的大好河山。写了北戴河，写了海南三亚的山山水水。写了那奇瑰的雨、满眼的绿、火红的花！蓝天白云，清清爽爽。那是我们美丽的家园。

从生活中的一点一滴，感受生命的律动。从社会，从书籍，从电影，从戏剧，从自身的经历中，不断学习，开阔视野。从生活中汲取智慧和精华，体验生命的美好。那对少年时期电影画面的美好回忆、那蹒跚学步的小鸭子、那灵巧的八哥、那香飘六月天的槐树、那有象征意义的紫砂壶、那鹦鹉和猪的寓言故事，跃然纸上。以诙谐的笔墨加入自嘲式的内省，写出对人世间诸如包装，诸如孤独，诸如老去等一些问题的个人看法。

感受友情，感受爱情，感受亲情；感受生命的短促，感受人与人之间美好的邂逅和远行。亲情和友情，是人生快乐的两大依托。写出了家人的其乐融融，写出了对友情的追寻和思考——真正的友谊是开启认知社会、启迪智慧的一扇天窗。

几十首小诗，是生活的随笔。没有雕琢，没有刻意，随心而为，酣畅淋漓。那是从生活的“麻辣香锅”里捞出的点滴印记。自诩为诗，其实就是长短句而已，汗颜……

我从哪里来？又到哪里去？一代代人思考着，探索着，行走着。生命个体是可贵的，也是渺小的，“寄蜉蝣于天地，渺沧海之一粟”。生活过，无论好与坏；经历过，无论坦途还是崎岖小路；奋斗过，无论成功还是失败。

无论是哭过，还是笑过，只要使出了全身之力，坦坦荡荡、痛痛快快地活过，足矣！

站在生的末端，回望百年风云；站在崇山之巅，遥望天际霞光。苍茫云海，亦诗亦幻……

在此，向我的朋友中国美术家协会理事宋鸣先生表示感谢。他为本书精心设计封面，与作品所体现的积极向上和雅趣、静心、闲适的风格相映成趣。也要向给予我关爱和帮助的老师、朋友、亲人们表示谢意。这是一本满含深厚情意的小书；一切尽在书中，尽在不言中。

钟　慈

2018 年 7 月 10 日

# 第一辑 散文随笔

## 第二辑　纪实

## 第三辑 小诗

第一辑

# 散文随笔

# 一、北来南往　情系海南

## 风吹草低

### （一）归去来兮

退休还不到一年，日历却早早翻到了第二年。今天是上班的人休假的最后一天。我让孩子在电脑上将五笔字型装上，试着用上一番。谁知“提笔忘字”，悠悠不知所至。

我彻底地放松了自己，对自己无所求，随波逐流。先是装修房子，与家人一起跑跑颠颠，灰头土脸，着急上火，自不待言。炎炎夏日，去过十几次青年宫，与退休的同事一起打乒乓球。我能发几个转球，也能接几个球，更多的则是给人捡球。球艺无从谈起，只为出一身大汗，以此达到健身的目的。

元旦期间，去了一趟三亚，得以舒心展颜，神游天外。海南的椰林，多汁的椰子，给了我无穷的享受。晴朗的天空，碧蓝的大海，宜人的热带海洋性季风气候，使人乐而忘返。我又一次领略了祖国山河之美、天地万物之永恒，感悟到人实在是渺如沧海之一粟。

心胸之开阔，离不开古往圣贤之教诲、诗词歌赋之熏陶。“书中自有黄金屋”，有了“黄金屋”，没有书也是不行的。想一想我所欣赏的名流大家——庄子、司马迁、李白、白居易、苏东坡、王安石、辛弃疾、王实甫、蒲松龄，哪一个不是集一生之经验，参透人生玄机，写出万古流传之佳作。每每想起其中的名篇名句，总有一种余音袅袅，不绝如缕，心有灵犀之感，给人以艺术的享受，更给人以智慧和启迪，使我在茫茫尘世人海中看到极光，亦不至于失掉自我。

2001 年 1 月 30 日（正月初七）

## （二）有感

“敕勒川，阴山下。天似穹庐，笼盖四野。天苍苍，野茫茫，风吹草低见牛羊。”这是在祖国大地上流传久远的一首脍炙人口的民歌。

这是一幅多么美丽的画面——在绵延的大青山下，一片茫茫的大草原。天地合一，蔚蓝色的天空像牧羊人的蒙古包一样温暖地笼罩着大地。一阵山风吹来，草原上茂盛的青草和红色、粉色、黄色、白色的花儿随风起舞，婀娜多姿；在山景与牧草动态的起伏仰合之间，显现出那散布在广袤的草原上的成群结队的牛羊……

这首民歌没有写到人，但是我似乎从中看到了一群热情、勇敢、爽朗的人；一群热爱大自然、热爱生活、尊重生命的人。他们活得很快乐，不是因为他们富有，而是因为在他们心中拥有一切权贵和追逐名利的小人不曾有的苍苍的天和茫茫的野；他们与大自然和谐相处，不污染、不滥伐，不伤天害理、不蝇营狗苟。他们活得潇洒、活得自然，他们是自己生命的主人。

人生在世，常常自觉或不自觉地，或为名，或为利，或为某种痴情所累，而光阴却毫不留情地从我们身边溜走。这是人生一大悲哀。静下心来，回归自然，放飞灵魂，君不见，又别有一番滋味在前头！

2006 年 6 月

## （三）起网名趣谈

刚学会如何开通博客。为给我的博客命名，颇费了一番脑筋。

先入为主，起名“泥娃娃”，源于我的一对双胞胎小孙子。他们在一两岁的时候，睡觉要用歌声催眠，两个小保姆一人推一辆小车在房间里边走边唱：“泥娃娃，泥娃娃……”

歌声停了，小孙子却还没有睡着，就会有一个宝宝叫：“唱泥娃娃！”歌声继续，然后他们在歌声中甜美地闭上了眼睛。在他们这一年龄段，先后有不下五六个照看他们的小姑娘学会了这首儿歌。爱屋及乌，我也对这首儿歌情有独钟。

过了些日子，我学会了在网上进行搜索。当我键入“泥娃娃”的名字后，不期然间一大群‘泥娃娃”扑面而来，文章条目足有好几百。我很欣慰，有那么多人喜欢

“泥娃娃”；也很伤心，唯独找不着我的泥娃娃。于是我有了更改博客名字的念头。

我一直在琢磨起名字的事。前天上午，从玉渊潭公园回来，就急忙上网。在搜索框内键入“红巾翠袖英雄泪”，不行，有多个博主用此名。键入“灯火阑珊处”，同样如此。这两天来，我先后为自己起了二十几个名字，又都因为重名而舍爱放弃。

在这个过程中，我无意间浏览了多个博主的文章，神游到他们的世界。我想，用博客写文章的人，都还是愿意或是很愿意与大家一起分享写作所带来的愉悦。因此，我不揣冒昧将这些名字记录下来，供大家检索。

它们是：松边醉倒，枫叶荻花，停车坐爱枫林晚，一树梨花，采菊东篱下，飞起沙鸥一片，天地悠悠，天凉好个秋，小桥流水，大江东去，还酹江月，浪淘尽，千堆雪，小乔初嫁，不尽长江滚滚流，云自无心，岩泉滴滴鼓琴瑟，卷帘天自高，秦时明月汉时关，横看成岭侧成峰，金樽对月，对影成三人，斯是陋室，调素琴，已乎已乎……不一而足。

我后来给自己起了个“苍茫云海”的名（取自：“明月出关山，苍茫云海间”句），用到现在。

2009 年 9 月，我于离家半个多世纪后第一次回老家一访亲朋。从八十余岁的十二哥那里，对家族的人和事有了进一步的了解。由此，知道了我在冯氏大家族同辈女孩子中排行第十四。而我的堂姐们已经都是七八十岁的高龄，像她们的父辈一样大多学有所成，有知名作家、画家、教授、革命干部和工程技术人员等。我已经六十余岁却还是个不学无术的小妹妹。

我想姐妹排行到十四的鲜有矣，于是在写字消遣时起名“十四妹”，却不料因仍有一个“十四妹妹”而差点撞车；又庆幸未完全雷同。此名用了几年，也算大幸矣。

2011 年 2 月

## 北戴河避暑日记三则

### （一）7 月 15 日

为避暑热，7 月 13 日至 8 月 5 日我和老伴到北戴河住了二十余天。重建的北戴河火车站一改过去的简陋和土气，如今气派且新颖。沿街道路宽敞平坦，大路两旁及中央隔离带都有绿树红花映衬。这里不愧为避暑胜地，在北方最热的三伏天，它也不改凉爽的天然性情。整个区域绿化、美化，清洁、有序，庶几让人乐而忘返、不思归途！

我住的地方地处一块高地，大院深处建了几栋楼，已经有二十多年的历史。前面是一大片绿地，没有任何多余的装饰，呈现出一派自然质朴的田园景象。

每天，我们上午到海边去，老伴到海里游泳，我则坐在沙滩或者路旁树荫下浅读。午饭后，我们就在大院绿地的长椅上休息，看那蓝色的天空，看那微风吹拂下起伏舞动的成片绿草。这是一片浓缩了的草原风光，在这里，人们会忘掉世间所有的忧愁和烦恼，心情会无比愉悦，自然而然地将自己融于大自然的清新、凉爽和纯情的怀抱之中。

啊！活着真好。

## （二）7 月 21 日

连着几个阴雨天，早上去步行街买了几个桃子，回来天已放晴。坐在楼前绿地的长条椅上，只见小鸟在树枝上啾唧，一只胖胖的喜鹊喳喳叫。前些时它还在草地上觅食，走路一摇一摆的，煞是可爱。

吊环很高，从西伯利亚来北戴河度假的俄罗斯小伙儿一蹿就挂在了上头，凭借傲人的臂力在吊环上翻腾。

周围很静，除了鸟儿的鸣叫声，就是那树叶婆娑起舞的沙沙声。天空那沉重的灰色像被蘸水的画笔抹匀了、抹淡了，变成了一马平川的浅灰色。不时有麻雀飞上树梢，不时有蝴蝶飞舞、蜻蜓低翔。树绿草翠，天圆地方。

## （三）8 月 4 日

清晨，院中一片静谧，只能听见鸟儿的啼鸣。我掀开窗帘，惊喜地发现一只喜鹊在草坪上漫步。它悠闲自得地蹦蹦跳跳，从草坪中央跳到楼前一片方砖铺就的平地，它大摇大摆地走在上面，一直蹦跳到台阶上，然后再不慌不忙地跳下来，沿着台阶的边缘向着楼一侧的小菜园走去。

它像首长视察一样慢条斯理地走过菜地，气定神闲，又向围在草坪周边的跑道漫步，俨然一副主人视察自己领地的傲然。在它的带动下，又有两只喜鹊喳喳叫着从草坪深处向楼前走来，在原是人们踩踏的土地上载歌载舞。偌大的院子只看到三只鸟儿的身影，只听到鸟儿的欢叫。好一幅天然美景，好一派娱乐升平！在一个没有人声喧闹的世界，鸟儿们无拘无束，充分张扬它们的个性、展示它们的才情。人与鸟儿共享绿色的草地、蔚蓝色的天空。

清晨五时半许，聪明的鸟儿知道该是人们活动的时候了，它们回到了草丛深处、绿树枝头。我凭栏眺望再也看不到它们的身影，只听到鸟儿们的脆声歌唱。

天光大亮，新的一天又开始了！

**后记：**

这是2011年夏季的几日。打开文字，那微缩了的草原风光，那蝴蝶，那蜻蜓，那麻雀，那喳喳叫的喜鹊，像久别的老朋友一样向我迎面扑来，它们活灵活现地出现在我的面前，热情、欢快、善解人意，我的心里荡漾着美美的笑意。

有时，鸟儿世界的那种纯情更令人感动！

# 三亚湾风光

2010年10月29日至2011年1月31日，我从京城来到海南。在我国海南岛的南端、美丽的三亚，愉快地享受着这一段美好的时光。现将日记中所写的所见所闻之片段，整理出来，以作此行之纪念。

（一）

“蓝蓝的天银河水，一只小白船……”歌声中，人们在海月广场的一方场地上翩翩起舞。

笛声悠扬。

在快节奏的乐曲声中，人们正跳着欢快的藏族舞。

椰林中道路旁，几个包着头巾的海南女子在卖一些珍珠、贝壳之类的小玩意儿。

……

晨，月亮依旧挂在中天。天水一色，天是碧蓝，水是深灰蓝。不时有小的潮水一字排开涌上岸边，遇到沙岸则又溃不成军地消失在水面。九时半，天空一碧如洗，白晃晃的太阳挂在东方的天空，一排排海浪拍打着岸边，发出有节奏的声响。阳光暖洋洋地照在身上，几抹薄云掠过碧空。

苍鹰（抑或是鹰形风筝？啊，不！我宁愿相信它是一只雄健的苍鹰）在低空中盘旋。蓝色的水、蓝色的天，天水交融处，有一抹深蓝的色调。海面如绸缎般光滑，微风吹过，卷起层层涟漪。沙滩上有卖鱼的，有卖珠的，还有徜徉在海边的人——他们有的在打太极拳，有的在散步，有的在细软平实的沙滩上进行书法创作。

下午两三点钟，涨潮了。一排排海浪呼啸着前赴后继地冲向沙滩，在沙滩上化成白色的泡沫，又悄然无声地退回海中。大海像一满盆将要溢出的水，在天际和沙滩之间荡漾。沙滩上以老人和小孩子居多，这里是他们的天堂。

惠风和畅，椰林婆娑起舞。孩子们趴在沙滩上堆堡垒，挖沙坑玩，老人们在悠闲地散步，大声地说笑。几只风筝优雅地在晴空飘荡，拉着风筝这头线绳的有的是孩子，有的是成人，他们都毫无例外地仰起脖子高兴地看着这空中的舞蹈。

在海边钓鱼的大多是中年人，只见他们在鱼钩上放了鱼饵，将鱼竿奋力地往海里甩去。不一会儿，就见鱼线绷得紧紧的，一旁观看的人正期待着钓上一条大鱼来，只见钓者往回抬竿，顺着鱼线的下端望去，却见没有大鱼上钩，又是一条通体透明的小尾巴鱼。众人大失所望，却又见钓者兴奋地将其麻利地摘下，笑嘻嘻地放到一边的瓶子里——那里还有几条同样颜色和大小的小尾巴鱼。问其何所乐，答曰：钓鱼不在乎鱼的多少和大小，完全是沉醉于海阔天空之中的山水之乐也。

（二）

早八时半从亚太国际会议中心出来，过了马路，就是一条沿海绿化带，高的是椰树，低的是灌木和草坪，间或点缀着红花和黄花。沿坡路下到海边的沙滩，只见阳光从薄云中穿过，将海面照出波光闪闪的一片白光。虽然已是退潮，海面也没有风，却见一排排海浪高耸着，发出欢呼，波涛汹涌地冲击着沙滩，在海边又化作白色的泡沫，犹如小人鱼在海中嬉戏和欢歌。

被海潮浸润的又宽又长的沙滩一片湿软。这里没有靠近市区的海月广场那么多的人群，沙滩上只有三三两两的人在散步，还有早到的人在绵软的沙地上留下的几行深陷的脚印。

在北方早已是千里冰封的冬季，三亚却是温暖如春、阳光明媚。这里有那么蓝的大海，那么长的海岸线，那么诱人的沙滩。如此美丽的三亚湾，足以让人流连忘返。我们走在松软的沙滩上，右边看到的是千姿百态的茫茫大海，左边抬头看到的是岸边的绿树红花。沿着海边一直向前走，半个小时过去了，海岸线仍在前边延伸着。远远地能看到“鹿回头”伸出海面，狭长的山体形成一个天然屏障，成为三亚湾和大东海的分界标志。

我们爬坡越过沙滩，走到路边反向回程。滨海路的另一侧如沿海那边一样花团锦簇。在绿树掩映下，相继有不少酒店和小区映入眼帘。最先看到的是昌达花园小区，那里环境优美，楼宇尚新。正在晨练的一位老人告诉我们这里还不错，只是宽带尚未入户。再往前走，就是阳光海岸小区，这一带少些游人的喧哗，多些幽雅和安静。再向前，是高档住宅区嘉和别墅。我们笑谈，说在这里买菜要坐车到城里，而公交车又是这样的小和破旧。继而再自己反驳道：住这里的人何须坐公交，自驾出门或请保姆买菜做饭不是常态吗？何必杞人忧天。

说笑间，太阳早已挂在中天。空中薄云已散，我们也已是神清气爽，微汗点点了。抬眼看表，已近十点了。

（三）

回到京城已经七八天了。天已渐暖，时有阳光铺洒大地。天是灰蓝，不是那么碧蓝。

相比之下，三亚的天很高，云和天贴得很紧，只要掀起一片白云，就能看到碧蓝的天空：清澈空灵，清澈得耀眼，清澈得一览无余，仿佛伸手就能探及宇宙的边缘。

我还记得十年前的一个傍晚，在三亚的海边，一眼望去，铺天盖地的星斗亮晶晶，天空像是绣满了珍珠和钻石。大海像是一个罩着深蓝色丝绒的托盘，稳稳地托着这流光溢彩的星空。我们一行人坐上了通往野猪岛的小船。海浪翻腾，小船晃晃悠悠，我的会游泳的先生紧张得要命，紧紧地抓住我的手，生怕一个浪头打来，将我掀翻到海里。此时的我，却丝毫不知他的焦灼，只觉得自己身处仙境，沐浴在一片灿烂的星空中。口中只是讷讷："天哪，天！"

北京的天，离我们很远，又似乎离我们很近。因为在天地之间，云天之下地之上，总有一层或高或低、或重或轻、或浓或淡、或厚或薄的雾气笼罩，可以叫它低云层，也可以叫雾气，但我更愿意叫它霾。这只是我的感觉，当然不是气象学意义上的。（我这样说是因为截至我写这篇文章时，中央气象台天气预报还未出现过“霾”字——2012年3月15日补注。）它挡住了我们的视线，我们看到的天木讷而缺乏生气，像一个板着面孔的瓷娃娃，经多年打扫虽不失清洁度却缺乏那种天然的灵气和朝气。

今年春节前，三亚市（乃至海南省）抽调了大批的人员、物资，修路，修下水道，改善集贸市场周边的卫生环境，规划和整修沿海绿地及通往海滩的人行道，将三亚湾一线建成美丽的滨海公园。政府和三亚建设者功不可没。大家看到的是越来越漂亮的三亚湾，更希望看到的是越来越文明的八方游人。因为人也是景中不可或缺的一景。

三亚的气候温暖，空气清新，海阔天宽，令人心旷神怡、流连忘返。它是祖国大地上一个稀有的珍品。人类要学会欣赏它，更要学会爱惜它、保护它。

离开三亚多日，却再难忘那段美好的时光！

2011年1月

## 三亚随笔

### （一）

看2011年12月15日《南方周末》记者陈鸣发自北京的文章《活在灰霾下》，深有所感。我就是因京城的气候和空气污染等原因而被迫做候鸟飞的一族。我很赞成文章中的观点：环境的改善不仅仅是科学问题，还是法律问题，也是一个政治问题。我更觉得这是个与老百姓休戚相关的民生大问题。

来到三亚，每天早上八点左右，我和先生都要到海边散步。沿路跳舞、打太极的皆有之，一片热闹欢腾的景象。

回来坐在小区里一片树荫下的长椅上休息，楼前成排的棕榈树相对而望，鸡蛋花散发着一股幽香。这个小区环境优美，满眼绿色，人工修葺与自然造化浑然天成。这里三面环楼、一面对海，三四级力度的海风吹在身上，神清气爽、全身舒展。

阳光普照，天空碧蓝，万里无云。

想北方前些时的雾霾笼罩和冬季的严寒气候，不禁心生感慨：啊，宝岛，上天留给我们的珍品！你名列国际旅游岛的行列，我们将如何保护你，使你不虚此誉名，更能给子孙后代留下一块净土呢？

## （二）

当年我住在北京东城区的四合院内。五十年代初，我的表弟表妹们上的幼儿园离家很近，仅一条马路之隔。表弟和表妹四五岁的年纪，他们围着白色的肚兜，胸前别个小手帕，手拉手地自己过马路，自己上幼儿园。再小的表弟表妹们上幼儿园时，是坐着改装有小车厢的三轮车，里面能坐四五个孩子，由骑三轮车的叔叔将他们直接拉到幼儿园。那时京城马路上多是有轨电车和三轮车，车速慢，行动井然有序；汽车、自行车都很少，所以家长放心。况且大人们都有工作，因此很少有送孩子去幼儿园的。

五十年代末，我家住在北京商学院宿舍，我在地处东城区骑河楼的景山学校上学，每天放学坐车到阜成门再换乘35路公交车到马神庙。车往西行几站，下车后放眼望去，没有高楼大厦的遮挡，西边落日的余晖将天际涂彩，霞光流溢；清澈的蓝天下，西山像水墨画般清晰而优雅地镶嵌在地平线上。那幅美景，如梦如幻，至今犹在眼前。

七十年代中期，地震后我和孩子暂住在单位的临时宿舍，那是我单位的材料仓库，在工人体育馆附近。院内有一大片空地，在寸土寸金的拥挤地段显得十分珍贵。每天晚上，我和儿子一起坐在院内数星星。天上星星亮晶晶，数也数不清。

十年前，在海南三亚，我也曾看到那大海波涛托起的满天星斗，金雕玉琢、光辉灿烂的宇宙壮观！

现在，我对北京的蓝天，只有深情的回忆，却少了那时的甜美心境和心灵的欢歌。

因为多了城市的喧嚣和失序，多了拥堵和浮躁；因为蓝天少了，没有了如醉如痴的西山水墨画，没有了满天星星亮晶晶。

我不是鲁迅笔下的“九斤老太”。我是实实在在地生活在中华大地上的一介平民。社会进步、经济发展有目共睹。我衷心希望祖国的明天会全方位地发展，会越来越好。

2011年12月18日

（三）

新的一年开始了。

早上依旧到三亚湾的海边散步。一眼望去，天水交界处两个小岛似乎比往日更加立体，几艘渔船像剪影一般停泊在天边。

天上层云叠加，蓝色、灰色，深色、浅色各具特色。海边的风很大，低处的云在游动，高处的云执意地守着自己的地盘；透过云层的缝隙，袒露出的是湛蓝的天空。

太阳钻出了云的蝉衣，发出耀眼的光芒；小岛朝阳的一面像镀了金，凹凸有致，泛着赭红色彩。

多云的三亚湾，也挡不住太阳的光芒，遮不住那发自天宇深处的湛蓝晴空！

2012 年 1 月 5 日

## 数说三亚

（一）

我国的南海明珠海南岛，是一个四季长花、长夏无冬的地方。来到海南旅游，不可不到佛教圣地“南山寺”，不可不到“天涯海角”“鹿回头”“亚龙湾热带天堂森林公园”“东山岭”“南湾猴岛”“呀诺达雨林文化旅游区”“七仙岭温泉”等处游玩。

十多年前，亚龙湾只有“天域度假酒店”“凯莱酒店”“喜来登酒店”等有数的几个五星级酒店。三亚湾有“椰林滩大酒店”“力合度假酒店”和“海航酒店”。三亚市内有“三亚鸿洲埃德瑞酒店”。大东海是“山海天万豪酒店”“银泰酒店”和“珠江大酒店”。海棠湾有“世知度假酒店”……繁华处也只有这些地方。

再往前些年数，当地人的猪圈就建在海边。

现在的亚龙湾，五星级酒店座座相连；海棠湾新建了若干七星级酒店；大东海游人若织；三亚湾除了扩大规模重新修建的五星级“三亚海航度假酒店”暨“亚太国际会议中心”和若干等级酒店以外，更建有若干住宅小区，成为寻常百姓较集中的休息和娱乐场所。

相比之下，海棠湾和亚龙湾高贵气派；大东海俄罗斯人居多，旅游人多；三亚湾更显平民化一些，东北人居多，早上的晨练，晚上的歌舞，路边的海鲜大排档，熙熙攘攘，各路方言，俨然一个娱乐升平的大中国缩影。

## （二）

三亚的空气、气候和自然环境，堪称国内第一。当北方不时地在雾霾笼罩下、人们苦不堪言之时，三亚的天气依旧风和日丽，像刚刚从温泉洗浴归来的小美女，光鲜亮丽。即使有一片深灰色的云朵镶嵌天边，也遮不住天空那湛蓝的底色带给人的欢愉。而这片云朵的深灰色，恰恰又是一幅风景画里不可缺少的对比色：它使天空显得更广阔，海水显得更蓝，浪花显得更白，而落日的红晕则显得更加灿烂辉煌！

三亚的崛起得益于天时、地利，更得益于国际旅游岛的开发。政府的威望在任何时候都是举足轻重的。近两年，关乎三亚形象的市容市貌得到了很大改善，沿海两侧种树种花种草，在人们游泳的地段建换衣和冲洗的浴室，在绿树掩映的花间小路上摆放一些供游人乘坐纳凉的石凳，修建一些围护树木和供人休息兼而能之的圆形水泥长台。

三亚的树生命力极强，去年环卫工人们在马路边隔两米挖个坑儿，每个坑栽上一棵秃秃的小树苗，这些小树苗今年就长成了排列整齐的有枝有叶的“健美小少年”，很给市容添彩。

三亚的市政建设也在进展之中。第三菜市场的后门所处地段原来是一片污泥浊水，整条路飞土扬尘，万不得已路过买菜时，人们也是掩鼻屏息跳跃而过。这里从去年开始运沙填坑修整路面，今年再来菜市场，这条路已是车水马龙，成了一条过往通道。菜市场也得到了翻修，卫生清洁虽然还不是太好，但是我已经可以不再过分犹豫地进出购物了。

三亚的菜市场菜品很多，绿叶蔬菜青翠挺秀，鱼虾新鲜、物美价廉。木瓜、芒果、橙子、香蕉……当季的各种水果两三元一斤，使我这个素食者天天吃得不亦乐乎。

比起土生土长的三亚人，我们是过客，但是我更愿意把自己看成是一个三亚人。美丽的海岛给了我明媚的阳光、洁净的空气、温暖的气候、松软的沙滩，它愉悦了我的身心。我也愿意为这个美丽的海滨宝地献计献策，让它更受世人爱戴。

我希望，海水不再是（部分）污水的归宿，小区和路边的（部分）下水道、雨水口不再散发异味，施工不再扰民，路上不再有油污和槟榔印迹……

三亚的美好人文景观与市面瑕疵并存。我希望，前者更多发扬，后者加快改善。用句官话，这是太阳和黑子的关系，九个指头和一个指头的关系，也是前进中的问题。随着国际旅游岛的开发，人们将会看到一个政通人和，更加美丽怡人的南海花园。

2012 年 3 月 22 日

**后记：**

这是在 2011 年 12 月至 2012 年 3 月写的两篇文章《三亚随笔》《数说三亚》。在这之前和之后我多有小文章记述我心目中美丽的海南宝岛，如《三亚湾风光》《赞美你！美丽的三亚湾》《三亚的雨，三亚的树，三亚的天》《天亦易老人难老，绿复衰兮绿复生》……而这两篇旧日习作也多多少少反映了当年海南三亚的风土人情，与今日相比不可同日而语。海南宝岛风貌一日千里，一颗璀璨的南海明珠冉冉升起在祖国的南方，成为中国人的骄傲！（2017 年 9 月）

# 赞美你！美丽的三亚湾

今天，天朗气清。只见蓝色的大海像玩倦了的孩子，舒坦地躺卧在天水相接处。远处船帆点点，好一幅静美的油画。

住处离海边有百米左右的距离，远远地听不到大人和小孩子们的嬉闹声，应是闹中取静。

春节期间，小区里人来人往，相当一部分人是一家子趁假期来海南旅游，住上六七日，起个大早，赶个晚集，遍览热带风情。还有的人是来三亚看望在此养老的爹妈，以尽孝道。总之，团圆和欢快是海南岛春节的主旋律。

树木很多。在小区的左侧，一棵大树以它强大的气场统领了四周的树木。这是一棵高山榕树，产自亚洲南部，桑科，榕属，学名高山榕。它的根系除了深深扎入地下的部分外，还有从地面需几个人才能围抱住的树根处蔓生出的一条条嶙峋的根系，它们盘根错节，好像虬龙身上的片片鳞甲闪着幽光。抬头望去，满枝丫绿叶连成一片，铺天盖地，蔚为壮观。槟榔树，蒲葵树，铁树，山尾葵，野菠萝……众星捧月般环绕在高山榕的周围，形成一个各展风姿、绿树成荫、丰富多彩的生态景观。

这只是小区的一角。在这里我幸运地遇到小区的园艺师傅，他在巡视自己的“树友”。我热切而谦恭地聆听他如

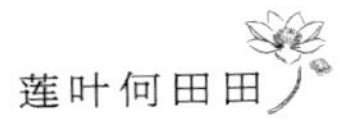

数家珍般对各个树系的逐一指教，他不时用手指在地上写出某个字来，以此校正因普通话和海南话的不同而生发的误解。素不相识的两个人因为对自然环境的关注而交谈，产生一种人与人之间互动的亲切感。

离开那赠予我知识的一角芳草地，我在小区漫步。小区里，除了楼房，除了小超市，除了游泳池，除了篮球场、网球场，除了水泥铺就的环行路、穿插在楼群间的红砖铺就的人行道，余下的地盘都是花草树木的天下。小区里，整齐的棕榈树排列两旁，浓绿的树荫下是长条的石凳和座椅。鸡蛋花树属夹竹桃科落叶小乔木，树上开满了白色的鸡蛋花，圆圆的泛着乳白色；紫荆花张扬地支棱着它的紫色花瓣，似在热烈迎送过往的行人。

往前行进，产地在我国南部及东南亚一带的米兰，组成一道道闪烁着不起眼小花的散发着幽香的围栏，还有扶桑、含笑、洋蒲桃，它们依路而生，蜿蜒曲折，犹如指路的路标，使人赏心悦目。围栏内阳桃、酒瓶椰子、槟榔、竹子、油棕，还有若干不知名的花树玉立其间。

酒瓶椰子，树身似酒瓶，底部是棕灰色，下粗上细，俨然瓶体瓶颈，颈上托着七八枝长长的大叶片，可爱至极。

原产于古巴的大王椰子，别名王棕。笔直的树干，棕黄色的树身，威风凛凛，像武士手执长矛直插云端！

还有华盛顿棕，还有……

在泳池的弯角处，红砖人行道的尽头，一树红花照亮了我的双眼。蓝天白云下，几枝红花合抱而成一朵大红花，七八枝、十几枝大红花傲然挺立在树梢头。像节日的烟花，像激情的号角！它，有一个响亮的名字——火焰花！

这里仅是三亚湾的一个住宅小区，仅是小区的一角，这儿的景色令我陶醉，令我欣喜万分。

拿什么来赞美你呢？我可爱的家国，我美丽的三亚湾！

2016 年 2 月 16 日

## 三亚的雨，三亚的树，三亚的天

从京城来到海南转眼已经两个多月了。

往年住在三亚湾与海有一马路之隔的小区，名字叫“碧海蓝天”。这个富有诗意的小区是三亚较早建成的小区之一，占据了得天独厚的靠海位置，并具有较大的面积空间。小区内有许多原生态的树木，还有这些年来不断新栽的棕榈树、椰树以及各种花草树木，营造出了一个绿色家园。

大海一直是我的所爱，清晨漫步在海边十几里长的椰梦长廊，看着欢笑嬉戏的热闹人群，心中充满了幸福感。

今年住到了万科森林度假公园公寓。整个建筑群四面环山，又是另一幅美妙景色。远离了海的涛声，迎来了山风的入怀。海也罢，山也罢，绿树是它们漂亮的披肩，蓝天映衬着它们开朗的心情。一树红花一树绿，到处生机勃勃、绿意盎然。那精灵般姗姗移动着的白云呵，就是白衣少女飘洒的舞裙。

海南的天气有如小孩子的脸，忽雨忽晴，变幻莫测。常常是深灰色的云朵悠闲自在棋布天际，似也无甚有所作为的迹象。忽然，密集的雨点像伏兵上阵，发疯似的直下地面，让你来不及关窗。在路上行走的人则健步小跑，到近处绿叶浓密的大树下避雨。心想完了，不知要被浇成何等落汤鸡样儿。未等一声叹息落地，急雨骤停。太阳从云层里探出头来，亮闪闪的；沿路树木和花草也都闪着亮亮的笑意。

这样的经历，在三亚住久了，习以为常，见怪不怪。自己反倒有一种像是参与了小孩子实施恶作剧的快感。

夜间大雨，早上还在有节奏地唰唰唰，阳台上积了水。我赶紧将雨伞拿出来以备出门用。忽然间，雨又无任何征兆地骤停，阳光从乌云中乍泄，射出耀眼的光芒。喜极，在山风吹拂下搬把椅子坐在阳台上看书。未等坐稳，又一阵密雨斜斜地冲向阳台，我赶紧回屋将朝向阳台的窗户关紧。未等走出房间，急雨骤歇，如捉迷藏般的阳光又穿云破雾，露出了笑脸。

清风习习，洁净的灰云和白云随着气流移动，太阳的光亮在飘拂的云层间忽隐忽现，就像一幅动态的水墨画卷。薄云的上空是湛蓝的底色。远山墨绿，静静地仰望天穹；近山苍翠，成片的绿树雨后更显其生命的张扬。

走在森林公园的小路上，心静如道路两旁一丛丛的绿竹。忽然，风声紧，雨点急，唰唰唰，又是一阵细雨下来……阳光下细雨如千百根银针般又齐刷刷地映入眼帘。正所谓：东边日出西边雨，道是无晴却有晴。

我习惯了早起。一天清晨，阳光微现，清风拂面。信步来到一棵树前，只见它挺枝傲叶，气宇轩昂。与它的近邻相比，虽然粗壮无形、丑陋不堪，却让我怦然心动。脱口而出："我若活成这样，足矣！"转过身来，只见树下石上赫然一个描红大字——寿。

在南方驻留十几年了。赏花无数，见树无数，独对这棵其貌不扬的老树由衷地发出了一声赞叹，看到它骨子里的不俗。或者，这也是不曾被人青睐的人和物的惺惺相惜吧！

2017 年 1 月 11 日

## 天亦易老人难老，绿复衰兮绿复生

春天来了，一年之计在于春。过了立春、雨水、惊蛰、春分，很快就是清明节。清早，朝霞似火般映红了天边，太阳从地平线冉冉升起；蓝天下绿树红花竞相绽放——红似火，绿如蓝。

"春风又绿江南岸。"绿色是生命之色。绿，养心、养眼、怡情、宽胸。

绿色是春的颜色。那是满园的绿，灵动的绿，沉静的绿；那是翠绿，浅绿，嫩绿，淡绿，青绿，深绿，墨绿，闪着调皮的微笑的油汪汪的绿……

那是让人沉醉的绿。一树红花一树绿。在生命的大一统中，无论是动物、植物、微生物，以至每块山石、每个峡谷，每条大河、每条小溪，每个生命都会显示它与众不同的一面。正是这各个生命所呈现出的不同，构成了自然界和社会人生的千差万别；就如这园中的绿，成就了千姿百态的绿色景观。

这是森林公园的一角，这里天高云淡，阳光明媚，气候温暖，环境幽雅。多年来，某地产大咖在此处精心添上几笔，于是营造出了青山绿水中的一幢幢人间暖屋。人们在此放松心情，快意地抖落掉身心的疲惫，养精蓄锐；或休假，或旅游，或养老，既表达儿女对父辈的孝敬，也体现出和谐社会的人情温暖。

人们在享受登高以呼啸，临清流以赋诗的逸兴遄飞之时，更不忘赞颂人与自然和谐相拥的设计者和现场施工的劳动者。是他们，将生活的美好蓝图展现在世人面前。

山风飒爽，天朗气清。从小区的一侧前行几十米，就能看到一片新修整的开阔地，那里花木繁茂，绿草如茵。由白色石子镶边、棕色石子铺就的小路蜿蜒曲折，像跳跃的音符，依山坡高低而上下。对面山的高坡处一眼泉水直流而下，山泉石上流，形成了一个天然的小瀑布。日久天长，小瀑布下方竟贮了游泳池般大小的满池子活水。这股泉水是有生命力的，它溢出池面、跨越护堤，在温柔的流淌中滋润出了长长的一大片湿地，形成了四面环山中间环抱湿地的山水佳景。

A字楼在小区的西北端。它一面靠山，一面跨越小别墅群和一路的绿，直指对面山体和山坡上的“沙漠公园”。那里如层层梯田，顺坡上下蜿蜒行进，沿途就看到了大小不等、形态各异的仙人掌和各种沙漠植被。墨绿、棕绿、浅绿、黄绿，还有那似未成熟可爱的麦子绿。那是“沙漠”里的绿洲，在绿色的映衬下，天更蓝，蝉衣般的薄云更透亮，花更红。

紧连临时关闭的大门外，是准备施工的现场。一片新整的平地沐浴着热带的阳光，听说这里准备种上茶树，建个小小的茶园。那又将是一片蕴藉茶香的绿洲。在未来的茶园和连绵的山体之间，沿山往上是登山道，往下则是三角梅盛开的山间公路，它像一条银练，镶嵌在小区边缘，连接整个景区。满园、满路、满树盛开三角梅，风吹落满地花瓣，花香扑鼻，赏心悦目。鸟儿在山间和树上鸣叫，好似一曲曲动听的咏叹调。

美的世界需要美的发现，美的发现需要美的眼光、美的心情。世上一切的美好，都令人感动——无论是人，还是物。

我曾与海多年为伴，如今我又与山体亲近。山虽不高，攀登为乐。或山上游目骋怀，以极视听之娱；或山下漫步，尽享花前树下。但见杂花生树，鸟鸣山涧，草的清香入鼻，山色秀美如画。不禁心旷神怡，豁然开朗。

站在后山最高处的亭子间，眼望四面八方，想起那首风云突变中“于无声处听惊雷”的佳句：“东方欲晓，莫道君行早。踏遍青山人未老，风景这边独好。会昌城外高峰，颠连直接东溟。战士指看南粤，更加郁郁葱葱。”这是1934年在形势危急、工农红军准备长征、毛主席心情异常郁闷之时的词作《清平乐·会昌》。他的临危不惧，高瞻远瞩和革命英雄主义精神溢于词外。

再次想到另一首词作，我依然心有所动。《清平乐·六盘山》：“天高云淡，望断南飞雁。不到长城非好汉，屈指行程二万。六盘山上高峰，红旗漫卷西风。今日长缨在手，何时缚住苍龙？”这是1935年毛主席登上万里长征最后一座主峰——六盘山时的豁然开朗和豪迈之气。

也想起自己充满笑意的自嘲和同学的诙谐对答——

我：“早上，漫步在蓝天花树下，心情犹如这没有寒冷的冬天。或说，犹如没有衰老的少年——做梦呢！”（不由得哈哈一笑）

同学：“有梦，做梦，合国情，符上意。唯如此正好。”

我：“谢谢鼓励。赶了个潮流。”

——呵呵！

当你疑惧脚下的石头阻碍你行进，即使它未成为绊脚石，你也已经输掉了美好。因为石头挡住了你的视线，你未能将心情安顿好，就像一个扭捏作态的娇小姐，让人怜爱让人愁。

当你放眼看到湛蓝的天空、洁白的云朵，即使它们离你很远很远，你也能感受到它们的豪气和爽朗。就像一个高大帅气的男孩子带给你的蓬勃朝气和快乐！

“人生易老天难老。”不知不觉，已过中年。

今年是我的本命年。已过中年。我想告诉自己：天亦易老人难老，绿复衰兮绿复生。绿色是春的颜色，绿色是生命之色。昌岁丰收舞，冉冉物华生。激情和诗意是青春的洋溢、是生命的闪光，是与年轮和谐共处的朋友，这也是勃勃生机的绿对我们生命的启迪。

# 二、温馨花语　弹曲月光

## 薄荷赞

自然界的奇葩异草千万种，我独爱薄荷。

记得小时候，我经常爱头痛，有时候大碗大碗地喝汤药，我那可亲的妈妈就从花盆中摘些薄荷叶，打两个鸡蛋一同放入碗内，加糖搅匀，用香油炸了给我吃。我吃在嘴里甜滋滋、凉丝丝、香喷喷！头脑顿时觉得清爽了。

上中学时，有一次老师让写一篇作文：写一种自己最喜爱的花草。在同学们的笔下，百花齐放，大家歌颂了美妙的春天，繁花似锦的夏天。我所赞咏的，则是那不为人所注目的薄荷——

它毫无争奇斗艳之心，默默生长在墙之一隅，把光照让给那些炫耀自己美貌的花儿、朵儿；

它也不需要特殊照料，今日栽上一棵，很快长成一片；

它花小呈淡紫色，花后结暗紫棕色的小粒果，几乎不被人察觉，唯见碧枝绿叶。它不能算是公园花圃中的观赏花草，既无诱人的媚态，又无招蜂引蝶的艳香，然而却以它那质朴无华的风韵，独树一帜；

它秉性清高，不趋炎附势；傲骨铮铮，冷眼而不漠视人生。它的茎、叶均可入药，它将自己的身躯和余香毫无保留地奉献给人类。尔热彼冷，尔躁彼静，使人不为酷热所苦，不被情绪左右，永远保持平和的心态和清醒的头脑……

我是一个不善于表达的人，但是那篇用古文写的百余字的文章却自以为是上乘之作。专门抄写一份存底，可惜的是，以后又不知扔到哪里去了。

我参加工作不久，曾和同事们一起去丰台花乡黄土岗公社参加劳动。临走时，大家向花农要了一些花草，我也从花畦中小心翼翼地挖出了几棵薄荷，回去后种到单位的花坛里。它们淹没在姹紫嫣红的百花丛中，毫不起眼。我虽然天天路过花坛，也从未精心照料它们。

日月如梭。一个多月后，我又调往上级单位。临行前细看那薄荷，它竟然长成一米左右的蓬然大枝了，这使我惊叹不已。因为我只在花盆和花畦中看到过它那娇小玲珑的腰肢，却不料在接地气的泥土里又显现出它那挺拔的形象和粗犷的气质。可惜我带不走它，只好依依惜别。

后来，因公又来这里，我当即跑到院子里去看我那几棵薄荷。漫步花坛边，只见鲜花朵朵、绿叶相衬。然而我的大薄荷哪里去了？茫然环顾四周，答案也就很明显了。

想我那薄荷，虽已入籍花坛，仍是野性未驯，挺枝傲叶，实实有碍观瞻。定是有人乘其主人调走，清理花坛，拔其根、除其条，弃尸道旁了。想到此，我不禁潸然泪下，怅失不已。

在那特定的年代，我本无赏花的雅兴，薄荷也更无处寻觅。一晃若干年，再未见到薄荷，而它的身影在我的脑海里却无时不现。

想到它，我就感觉到一种温馨，想到我的妈妈，想到妈妈的爱，想到妈妈给我用香油炸的薄荷蛋；想到它，我就感觉到一份从容，联想到蔚蓝色的天空、山风扑面、松入云霄、遍山花红草绿的武夷山之巅；还有那依稀传入耳畔的悠扬、祥和的鸽哨声。这一景色可用四个字概括：勃勃生机！

我喜爱薄荷。为了他人，它愿玉碎如泥，遗留清香：夏日炎炎，清凉油、薄荷锭都被人们视为消暑佳品。

有时我想，自然界的气候燥热时我们需要凉爽，社会生活中不也同样需要一种平和的心态和忘我的大气吗？当然，薄荷之于前者聊可充其役；对于后者，则是无能为力了。正因为如此，薄荷之品性不更值得我们称道吗！

何时觅得薄荷一枝，再睹君之芳华！

1981 年 4 月

# 叶之殇

我喜欢一个作家的这句话，他说：“这是片还未干枯的树叶，叶脉里画满四季阳光与轻风的印记，那斑斓的色彩是它无悔的记录，虽然此时它已告别所有的昨日。”

很有哲理。它是一片叶子的荣枯记载，也像是一个人的生命过程。

大自然中，在春日暖暖，阳光灿烂的日子，大地笑呵呵地散发着它特有的朝气，莺飞草长，花红树绿。走在一片绿海中，可以看到不同年轮、不同种属的树木都充满着对成长的渴望，这更清晰地体现在它们各自的“冠盖”——叶子的竞相展放。

有的新叶还似一个蓓蕾，有滋有味地正在萌生；有的叶子已然茁壮，叶绿如蓝，油光闪闪；有的叶子尖利如芒，傲视苍天；有的叶子青嫩，有的叶子苍劲；有的如眉，有的圆润。

风吹、日晒、雨淋、雪掩，是不期而至的大自然朋友给它们的丰厚馈赠：它们沐浴日月精华，在天地间得到锻炼、展腾。同时，它们也将自己的全部无私地贡献给社会：树可纳凉，叶可护果，用绿色的温情和爱意装点着大地。

“神龟虽寿，犹有竟时”。何况叶乎！

就像这片飘零的树叶，让人知道它曾经的春花秋月；

现在的呈现只是作为眷恋生命的标本曾经的存在。是纪念，是祭奠？是卑微，是曾经的傲然？人生就是这样义无反顾、脚步匆匆，纵有千言万语，最终化作默默无言。珍惜自我的存在，像树叶的叶脉一样，褪尽皮囊，也能给人留下一份念想。

莫思量，丹柯（高尔基小说中的英雄人物）捧出自己的那颗心，照亮了前行的道路，而将毁灭悲壮地留给了自己。

春生夏长，秋收冬藏；生生死死，不能白活一场！

2016 年 3 月

## 花　语

沿着朋友前行的路标，走入五彩纷呈的花的世界。

那里有大气的牡丹，关爱地向我点头问好。它不愧是花中之王，笑迎八方客，一任群芳羡。

还有那傲霜的菊花，傲在骨，展示的是美丽的形。瓣瓣菊香沁人心脾，闻它的香，醉醉地听它的心语，优雅、忘情。

还有那独树一帜的薄荷，虽然花不起眼，它却以自身散发的清凉提神之气而位列一方。不由得人不仰望、遐想，想到那清清凉凉、醍醐灌顶般的敲击和每临大事小事都要有的静气。

还有那根、茎、叶、花、籽均能佐食和药用的荷，让人深切体会到造物主的慷慨与大方：荷花以它的美丽色彩装点着一池碧水；亭亭如盖的荷叶温润着蝉鸣的夏天；那深藏在水底的白白的莲藕，还有那托举在荷花身旁的一枝枝莲蓬，更让人无限遐想，真可谓是秀其外而惠其中。它将自己全身心地奉献给人们，宁可花褪叶败，粉身碎骨，也要将爱——那鲜嫩的莲藕遗留人间。

雍容的、绽放的、静开的，各具情态，都给人以美的启迪。

在这里，谁还敢做树叶间叽喳叫的小麻雀，飞高不过丈余、眼界不过尺把，叽叽喳喳、腹中空空，争的是一口食，却要破坏这高贵、优雅的花的天地、心的氛围，岂不扫兴！

朋友，让我们的理想飞翔在蓝天白云下，在花的海洋展现美的心灵，写出炙热的篇章。愿思想者的火炬越举越高，越燃越旺！

山不在高，水不在深，年不在长，言不在多。这是历来先辈的智慧训诫。有如那花的世界展现出的品格：雍容、大气、傲然、沉静，还有那倾其全力的绽放！

## 梦中的油菜花

今年的油菜花开得茂盛，星罗棋布，遍地开花。总有景中之景，盛中之盛。早就听说婺源的油菜花是花中之秀，几年前几次要去，都因临时变故而未成行。

立夏的前一天，有朋自远方来，他家在南方一个美丽的水乡。他说起家乡的油菜花，喜不自禁：那一片片、一垛垛的油菜田，黄灿灿，鲜亮亮，诗意地将水面分成了一个个弯弯的航道。小船在水中行驶，犹如画中游。

我不禁粲然，说："我马上飞到你家乡，看那活生生的油菜花！"说来可怜，我在小学五年级时，地理课本的封面就是那一片鲜黄耀眼的油菜花！至今我对油菜花的想象还停留在梦中，还停留在那本地理书的封面上，那是一个甲子的深情相思啊！

朋友坏笑地告诉我："早就没花了，快成菜籽了！"

我感叹："一步迟步步迟，机不可失，时不再来——信矣！"

朋友宽慰我："明年再看。"

是啊，只能如此了。我无缘看到今年的油菜花，只有等来年看那新一茬的油菜花了。我是这样劝慰自己，却不免心里怅然若失。正是：年年花开如约至，花开年年无相识。又想到一首脍炙人口的小诗："去年今日此门中，人面桃花相映红。人面不知何处去，桃花依旧笑春风。"我无缘见今年的油菜花，明年也就不会有此番感叹了。我会认真地相信：噢！油菜花就是我心中想象的模样。

油菜在美妙的季节开出花来装点春天，油菜花以它的灿烂辉煌展示它的青春，它的美丽，它的短暂。在我眼里犹如惊鸿一瞥，当我看到它时已变成油菜籽了。

油菜籽不像花那样娇嫩易凋，它更坚韧耐久，没有花期的制约。人们将成熟的油菜籽采摘下来，凌乱敲击碾做油，浓香永留住。经过若干道工序，制成的菜籽油就成了大众饭桌上的极美调味品。

我想：几经磨难，千年的狐狸成了精；几十岁的我没有了油菜花的美颜，估摸着自己也快从菜籽磨成菜籽油了。即使没有菜籽油那般绵软香浓，却也几经碾压，少了脆弱，多了厚重，不怕击打了，认定一个信念可以一直走下去了。

我勉励自己：我会在“几经磨难和生活的碾压中”继续前行。

无相见，更思念。梦中的油菜花，远比现实中的它更香浓、更令人魂牵梦萦。

啊！梦中的油菜花……

## 又见槐树，又闻槐花香

又见槐树，又闻槐花香——那是2015年的五一劳动节，在昆玉河畔的玲珑塔下。

玲珑塔周边的槐树，长得格外高大，花香格外浓郁。因为公园里的槐树很多，三步一花五步一景，槐花的香气散播得格外悠远、绵长。它让我欣慰地体验了一把花香袭人的醉意，也将思绪牵回到久远的时光……

我与槐树结缘始于孩童时代。记得那天我和小叔叔骑在院子里一棵高高的槐树的粗枝条上，把身子隐藏在繁花丛中，将一张笑脸顽皮地迎向站在树下花荫间的母亲。我依恋着大树：它孔武坚实，像父亲的肩膀。我亲吻着花香：那簇簇槐花妩媚多姿，像妈妈的笑颜。年轻的妈妈穿着竹布旗袍，仰起俊美的脸，抬手招呼树上的小姑娘："钟慈，别摔了！下来吧！"声音轻柔，一如她的温婉。阳光透过树的枝叶，一路洒下斑驳的光影，妈妈像是被无数快乐的跳跃着的小精灵簇拥着的仙女，温柔又美丽。

这个情景像一幅工笔画清晰地刻印在女儿的心田，时时掀起爱的涟漪，永志难忘……

再一次近距离触摸槐树是在我上小学时。那一年，党中央、国务院发出了《关于除四害讲卫生的指示》，全国掀起一场轰轰烈烈的"除四害"运动，全民齐动员，打了一场声势浩大的人民战争。

当年划定的"四害"是苍蝇、蚊子、老鼠和麻雀。麻雀是飞鸟，必须在同一时间轰赶才能聚而歼之。于是在全市统一部署下，在同一天，城乡街道每家院子里都在上演同一个剧目：街坊大人和小孩子或爬上树，或搬梯子登上屋顶，挥动手中的长杆短棍、敲盆敲碗、齐声呐喊。成群的麻雀在空中飞，地面人声鼎沸，处处喊打，可怜的小生灵无处停靠，飞行疲劳至死。

此举成果显著，麻雀几乎灭绝，以致来年庄稼地里的害虫由于少了它们的天敌而肆虐横行。麻雀吃害虫与吃庄稼相比功大于过，国家领导有错必纠，给它平了反，将四害中的麻雀改为蟑螂。而此次群起而攻之的围剿麻雀大战也就作为一个大人无比投入，小孩子如过节般欢乐的闹剧存档。

在我当年住家的四合院里，人们爬上房顶轰赶麻雀的同时，也看到了院子里那棵老槐树的大枝小杈上缀满了绿叶和一簇簇白色的槐花。它们组成一把大伞，蓬蓬勃勃地温柔地展示在屋顶上方；而那洁白诱人的槐花，则成了大家垂涎的美味。欣喜之余，人们用手摘下、用竹竿敲打下这些高高在房顶之上、轻易无人碰触到的槐花，作为此次活动的战利品。这也可以说是以后几年“瓜菜代”的实战演练。各家大人将摘下的花叶积攒下来，回家后与少许的面掺和在一起，做成大大的香香的菜团子，蒸熟后吃进肚子里。小孩子只有好吃好玩的感觉，丝毫没有暴食珍馐的愧意。只是长大了，回顾少年时，我才意识到我与槐树的亲密之交，我和槐树共有的一份浓浓的情……

物换星移，沧海桑田。又一年，又是一个槐花飘香的季节。大院里，还有院外临街的道路两旁，棵棵槐树排成行。我的爱心有了依傍。正可谓花香飘万里，槐花铺满地；晓风徐来，枝摇花曳，恰似游人醉……

槐树带给我美感，引发我遐想，带给我生机勃勃的京城人间六月天！

玲珑塔下，又见槐树，又吻花香；抚今忆昔，怎能不感慨万端……

# 那朵粉紫色的花儿哟

小区里，物业负责花草的三四个师傅在修整花木。在一片一尺多高密密麻麻的草丛旁，他们用剪刀将一些扎在土里挤得严严实实的绿色细嫩枝条剪下来，让聚拢在一起的枝叶疏密得当，间隔宽松一些。不一会儿，地上就堆积了很多剪下来的枝条。

我从路旁走过，看到有几朵呈五角星形的粉紫色小花还隐隐藏在剪下来的枝叶中，不禁心生怜悯，问正在那儿工作的几位大叔，这是什么花啊？

一个大叔用海南话告诉我，这是从别处移植过来的花草。可惜的是，花的名字我听了几遍也没有听明白。我虔诚地请求他们给我几枝可好？大叔爽朗地笑道："随便拿，随便拿，剪下来的枝条也是要栽到别处去的。"又告诉我，它是很好活的，栽在土里，浇上水，无须过多伺候，自然开花长叶。

我谢过他们，从地上拿了十几枝带梗的花草，回家放在装了小半瓶水的玻璃瓶子里，放在窗前。

仔细看去，这束花草的叶子碧绿，形似柳叶，细长如眉，一条条细细的枝干上挂有十几片叶子，还有四朵粉红色的花在绿叶间蓬勃绽放。大喜。

两天后，花色夹带浅蓝，花朵渐枯，手一触碰，瑟瑟下落。失神间，却见这十几枝细条的尖端分出杈来，钻出了一对对小芽，犹如渴望妈妈关照的婴儿，深情地望着我。我不该忽略这生命的嫩芽！我欣喜地将放置了两天的清水换到瓶子里，祝愿这些芽苞像小鸟吃食那样张口绽放。

第四天，插在瓶中的枝条上又开出了三朵花，初开的花朵红艳艳，袅袅婷婷，虽不算是花枝招展，却也尽显风流。

隔天清晨，花落两朵，还有一朵绽放如初。粉红色中浸透着别样的色泽，如蓝，如紫，光艳夺目。

我不再多虑。看那每个枝条的分杈上簇拥着的蓓蕾，只有欢喜。

当晚间留在枝上的那朵花陨落，第二天清晨又有两朵红花悄然跃上细嫩的枝头。

我知道，那些长在绿枝上端的花蕾迟早要在某一个清晨绽放，用它们的青春和欢快感染我，将我点燃。

我同样知道，这些离土的花草寿命不会长远，不过一两天的光景，由艳丽的红，到粉红，到粉紫，到变为蓝色，以至凋谢。可是，即便如此，它们也不会放弃这短暂的绽放。在有限的时光里，它们拼足气力，做足功课，成就最灿烂的自己，并将这份美好献给珍惜它们的人。

它们并不失落，也不因自己生命的短暂而悲哀。因为它们知道，即使它们凋谢了，还会有枝丫上的蓓蕾相继绽放，直到一个个蓓蕾完成从花开到花谢的生命全过程，直到枝条上最后一片叶子枯萎飘落。

这是生命的灿烂！瓶中这十几枝花给人一种前赴后继不屈不挠的英勇就义的震撼。

人，活得难道还不如一枝花吗？

在我将这束花草插入瓶中的第七天，再没有花开。只见十几、二十几个小小的凸起的蕾芽，像在后台列队时刻准备起舞的芭蕾舞演员，在枝杈上优雅地等候着号令花开的那一刻。有几颗小芽还小心翼翼地探出头来，似乎在祈盼自己的出场。

我与花芽同一心情，祈盼着激动人心的花儿雍容绽放的那一刻。

不知瓶中十几个枝条，花再开可有时？这也是我满腹的疑虑和纠结，更像是我积郁胸中绵绵不绝的未尽的心愿和祈盼。

我以为花开不再。我心中充满忧伤，既为那无名的花草，也为自己的去日苦多而感叹不已。

这是第八天。清晨起来，我又惊喜地看到三朵粉紫色的小花竞相开放！三朵花，比前几日多开了一朵！

我知道了：花也好，人也罢，只要一息尚存，就无须给自己画上句号。那是对生命的敬畏，更是对自己人生的激励和鞭策。

2018 年 12 月 3 日

## 荷

先生从菜市场买来二十几根用橡皮筋扎成一束的荷花

茎，每根都有尺把长，是脆生生的棕黄色。听人说可以炒着吃，很好吃的。

我从小购物车里拿出来捧到眼前，看到每根荷花茎的顶部都托着一朵漂亮的小荷花，鲜润透亮的粉红色，含苞待放；外层的花瓣油光光的，一层层紧紧地护卫着花蕊，形态就像王母娘娘蟠桃宴的蟠桃，鲜香光润；只不过个头小一些，更可人一些。闻其清香，观其美艳，这枝枝娇巧的尤物，可是实实在在就在自己的手中啊！

不舍得吃。想起一句话："赠人玫瑰，手有余香。"这束鲜嫩的荷又能赠予谁呢！

矫情的我，抵不过做成一盘色香味俱佳的美食的诱惑，"暴殄天物"，将它实实在在地纳入自己的大肚皮中；余味袅袅，不绝如缕。遂自嘲：虽然手无余香，也算口中留香了呢！

## 荷　花

我在清晨寻到你。那满池的碧绿，青翠欲滴！

那似绿毯般托起的亭亭玉立，那含苞待放的粉嫩花骨朵儿，还有那舒展开每一片花瓣迎候黎明的胭脂红，国色天香的牡丹红，风姿绰约的菊花黄，一袭素颜的梨花白，点缀着夏天的千姿百态……

这不是百花争艳的群芳谱。这是一池静美的荷花，醉意蒙眬了我眼前的雅和美；这是一池耀眼的碧绿，典雅的风情掩饰不住奋发的勃勃生机。

我在夜晚寻觅你。荷塘洒满月色的清辉，恍惚了满池的俏丽。有悠扬的丝竹声涌入耳际，有缕缕清香沁人心脾。

呵，即使我看不到你，即使你花谢莲生、绿叶褪去，你仍然留有那莲叶田田、荷花盛开的青春痕迹，还有这赠予人间的春华秋实和绵长情意……

爱惜每一朵活泼泼的、意趣盎然的生命。因为有你，世界更加曼妙珍贵！

爱惜每一朵活泼泼的、怒放的生命。与朋友共赏的快乐感是不可言喻的！

## 莲叶何田田

每年五六月份，我都会到玉渊潭公园、紫竹院公园、北海公园、景山公园看荷，赏叶。徜徉在花红柳绿的林荫夹道，多次举起小手机拍那一池碧绿、满堤红粉。

池中的尤物风华绝代：北海公园荷花的铺天盖地和一望无际，那气势像洛神携风载舞，光彩流溢；玉渊潭公园的荷花别样娇，像素衣美人亭亭玉立于水中央。或雍容华贵，或脱俗雅致，各具情态，不一而足。我的手机没有照见的，却是那出淤泥而不染、虚怀若谷、深潜水底不与荷花争奇斗艳的莲藕。

偌大的荷塘，信步走来，一步一景。变换个角度，又会看到另一形态的美——美不胜收。

忽然想到古代女子的头饰“金步摇”，它最早是后妃和贵族女子插于发间的一种金饰，后来流传到民间。可以想见，一个芙蓉般美妙的女子拈花含笑，袅袅婷婷向你走来，头上的金步摇随着婀娜多姿的步态摇曳着，就好像暖风吹拂下，荷花伸茎展叶的妩媚舞姿，与这不断变幻的美景相映成趣。

曾写《荷》《荷花》《荷花的笑颜》《藕的心愿》等篇。喜看风姿绰约的花，更喜对不露痕迹的美的赞叹。抒写几篇，了我对夏日美景、对荷的无限思念。

2018 年 8 月 7 日

## 太　阳

早晨，我在小区楼下的健身器材旁悠闲地荡着秋千。

楼前草地上是一片刺葵树，它的树冠就像孙悟空盗取的芭蕉扇，一条条长长的叶柄张扬地伸向天空。

草坪上间或有几棵我叫不上名字的合围大树，枝叶繁茂，绿油油的叶子迎风婆娑起舞。立在草地上的旋转水喷头，不懈地向四周的花草喷洒晶莹的雨露，每条弧形的水线都透着晨的气息。

风有三四级，气温有十七八摄氏度。人们有穿单衣的，有穿毛衣的，有在单衣外面套一件薄外套的。不冷，也不热。不过这般天气在三亚应该算是降温了。

我的心情也像这天气，不冷、不热，稍稍带些凉意。因为，太阳还没有出来……

大约一个时辰，太阳出来了。带着温暖、挟着霞光，给大地披上一片光彩。蓝天白云，天空清澈、明朗，像小孩子无忧无虑的灿烂笑脸。

太阳出来了！

## 霞　光

爱是天边一缕霞光，是微波荡漾的一叶小船，是曼妙的芭蕾，是轻快的《渔舟唱晚》。

它是心尖上流淌的音乐，很轻柔，隐隐的，时断时续；像飞鸟，有时一阵微风吹过，或一枝枯树枝的断裂声，树叶不经意间的沙沙声，都会让鸟儿受到惊扰，扑棱着翅膀飞离树梢。

心中像听到浔阳江畔的琵琶声，或切切，或嘈嘈；或金戈齐鸣，或幽咽凝滞；或万马奔腾，或宁静无声……

心的舞蹈，是那样激情，是那样任性，是那样执着，又是那样不堪一击！

这是生命在喧哗，在呐喊，在挣脱命运的藩篱，渴望远航……

这是一个有质感的鲜活的生命！激情永远是创作的源头，是放飞的生活，是点燃灵魂的心灯！

那根似有似无的牵线，那种似有似无的牵绊……

诗人在脑海里组成激情四射的诗行，凡人的诗句只在心中流淌……

## 弹曲月光

凌晨醒来，躺在床上，隔着一扇门，从客厅的一排落地窗向外望去，天还蒙蒙的没有大亮。低层飘浮着灰色的云，占据了小半个天空，云层也比往日多了些厚度。我知道，凌晨的云不过是日出前的短暂聚会，在祖国的南方，今天会是一个不太热的好天气。不出所料，手机上显示气温在二十摄氏度。我放松身心，闭上眼睛懒散地享受这舒适的清晨。

蒙眬中，忽然耳边听得呼呼的风声，还好像有民族器乐的合奏声隐隐传入耳畔。我起床打开大门，在楼房那一溜走廊上停留，与对面绿荫覆盖的一二百米高的小山隔几米宽的草坪深情相望。侧耳聆听，大自然的天籁之音盖源于此。风声渐息，小鸟那孩子般天真的鸣啾声，时有时无的蛙声，还有清亮绵长的蝉声，树丛中不知名的虫子连续不断的吟咏声，这一切有如黎明前的序曲，满怀欣喜地迎候太阳的初升。

当太阳从东方冉冉升起，由红变白，给大地带来了温暖和光明。天空碧蓝，像水晶般透亮。紧挨楼房一侧的高地上，方砖铺就了一块几米见方的平台，平台上放着一个小圆桌和两把藤椅，几棵椰树环绕其间。放眼望去，周边是山，是树，是山峦起伏，满园秀色。极目远望，可以看到对面的山，层绿叠拼；近处的花草树木，春意盎然。转过身来，就看到了那凌晨鸟雀昆虫合鸣的绿色“响谷”了。

在充满阳光的绿色温情里，在大自然的怀抱中，我的心情豁然开朗。

忽然想起几年前朋友间的嬉戏酬答。几番下来，朋友又出一句：“山上松涛漫卷”，我即刻回应：“岩下泉声叮咚。”

两句似不尽兴，接着提笔（似应写“按键”二字哈）写道：“心海月影，端午槐花香。屈子赋骚，沾余襟之浪浪。朝则春华秋实，夕则弹曲月光。”

朝则春华秋实，夕则弹曲月光！联想到贝多芬写于1801年的钢琴奏鸣曲《月光曲》。德国诗人路德维希·莱尔斯塔勃将此曲第一乐章比作犹如在瑞士琉森湖月光闪烁的湖面上摇荡的小舟一般，《月光曲》由此得名。贝多芬自己称为“好像一首幻想曲一样的”。精明的出版商还以“月光曲”为名杜撰了一个动人的故事，流传下一个动人的传说：在维也纳的郊外，贝多芬听到一个人在执着地演奏自己的作品，那是一个贫困的盲姑娘对贝多芬音乐的热爱，这让贝多芬非常感动。在月光如水的晚上，他即兴弹奏了这首《月光曲》……

无论是这个虚构的故事也好，还是贝多芬当年写这支曲子的初衷也罢，我们在《月光曲》首先听到的是月光般柔和舒缓的优美旋律，而在这样的情景之中所牵引出的忧伤也是美丽动人的。随后在狂风暴雨般的音乐旋律中我们也感受到了激情的爆发和燃烧，表现出了不向命运屈服的坚定信念。

所有这些，让我知道一个人在处于困境时应有的态度：敢于正视它，在命运面前不低头；敢于拼搏，勇敢地面对生活给予我们的一切考验。这不是生硬的说教，而是一首名曲对我们心灵的抚慰和启迪。

青春似花，要尽情绽放。展放自己的学识、才情，为国为民为家努力奋斗，才能在人生的“秋季”有所收获；也才可能在人生的晚景，将所经历的酸甜苦辣，转化为充实的内在，让净化的灵魂轻盈地飞升到月光下的九天！

当然，当年写“夕则弹曲月光”那几个字时并无这些理性的思考。随手拈来，随心而已。

散步移时，楼侧高处平台坐定。棕榈树叶婆娑，山风低吟浅唱，即使木讷如我者，也平添了一份想飞的感觉。

虚拟的世界往往看不到现实生活的实情。那是给天真插上翅膀的时候。将理想、闲适、优雅、高山流水、轻吟浅唱一一带进梦端。那是对精神世界的向往。翻过页来，生活的压力，工作的繁忙，对未来的设想和努力，填满了每时每一天。唯其如此，才需要精神世界的高瞻远瞩，给自己留下一个遐想的空间。

# 雨

早上，沿着盘山小路徐徐前行。路边的树叶和花儿依然挂着晶莹的水滴——那是昨夜一场雨的杰作。

下雨是司空见惯的自然现象。农谚有“春雨贵如油，夏雨遍地流”，说出了不同季节雨水的多少和对农作物的影响。我国历代也有很多诗人、词作家写出了对雨的爱恨情仇。“春眠不觉晓，处处闻啼鸟。夜来风雨声，花落知多少。”孟浩然这首耳熟能详的五言诗《春晓》，将春日夜晚的细雨朦胧、清晨窗外的鸟语花香，尽收眼底；平和、纤细，带有一股温情脉脉的暖意。而王维的“渭城朝雨浥轻尘，客舍青青柳色新。劝君更尽一杯酒，西出阳关无故人。”同样是一场春雨，刷新了客舍、新绿了柳色、清洁了尘土飞扬的驿道，却挡不住朋友远行的离情别绪和深情的祝福。雨是传景传情的媒介，关于雨的成语很多，如东风化雨、暴风骤雨、大雨滂沱、雨过天晴等。而人们极度的悲伤或极度的欢喜，则会用“泪如雨下”来形容，也是很贴切的。

下雨了，雨水把你的衣服打湿，你会东奔西跑，唯恐避之不及。

携友同游，脸上的光景正是风和日丽之时，忽然瓢泼大雨毫无征兆地从天而降，将两人淋成了落汤鸡。你会怪罪雨的不仁，大大地败坏了你游园的雅兴。

你手头若是备有一把伞，下雨了，你会感激那不期而至的雨带给你的惊喜。那是两人共执一把伞的温馨；那是观赏雨打芭蕉的惬意；那是人和物、花草和树木尽显雨中百态风情的最佳画面。

下雨了。老天无所谓时机的对错，有云则可能会有雨，随性而下，顺势而为。

错的是那些对天气变化毫无感知、毫无准备的人。“怨天尤人”是最不可取的生活态度。

雨啊，你是天上的使者。下吧，想下就下，尽情地下。与物何干？与人何干？与人的好恶更是无关！

大自然自有它依存的规律可循。

润物细无声的春雨也好，摧枯拉朽的暴雨也罢；行善也好，作恶也罢；坦坦荡荡，率性而为。正如庄子所说：“且举世誉之而不加劝，举世非之而不加沮，定乎内外之分，辩乎荣辱之境，斯已矣。”

我们所要做的，就是以科学的精神，不断深入了解它的习性，掌握大自然的规律，未雨绸缪，防患于未然；变害为利，让时雨更好地为大众服务。

人活一世，草木一秋。我们也会在不同时段、不同场合经历细雨的沐浴，暴雨的冲刷。春夏秋冬我们都经历过，人生才算圆满。

扯满生活的风帆，勇敢地面对生活的考验，就像下雨时随时不忘带着那把伞。

## 小　溪

人的一生，有如一条小溪，潺潺流动，一路向前。在它即将汇入江河之前，如无意外，可能它就这样顺理成章、波澜不惊地走完自己的全程，回归生命的终点。那是一首乐曲的结尾部分，舒缓、平静、安详，也令人神往。

人的命运各有不同，就像这条小溪。转瞬间它流经一个山石峭立的优美奇异所在。

它不由自主地驻足欣赏——

大小不一的鹅卵石、形态各异的山石在水中屹立。

溪水一改过去的静谧和恬淡，它奋力攀爬这座险滩。

它惊喜，欢快，因外来的力和智的考验而激动不已，因激情的碰撞而恢复了青春的活力。它像初恋的小姑娘一样依恋温情和宽厚，全身心投入这场力与美的较量和搏斗。它愿用自己的善良和真诚，冲洗山石不易察觉的灰渍；也要在山石的磨砺下，将自己练成一条发光的小溪！

既有碰撞必有苦痛，有如人生并不事事如意。

小溪常常发问：“山石啊！我生命中的奇迹，你这神来之笔！搅扰了我的平静，是你不经意的游戏，还是渡我变平庸为奋进的助力？

“是我擦肩而过的曾经，还是一只嘹亮的进军号角、一份可遇不可求的真诚友谊?”……

溪水拍击着山石，现出它敏感脆弱的一面，它惊喜、感叹、唏嘘、疑虑……

溪水激扬，山石屹立。它将经历化为深沉的生命底蕴，感谢大自然的慷慨赠予。

“石！有你的欣赏、你的砥砺，我将无欲无求、快乐无比！”这是小溪对山石由衷的赞许。

# 三、东想西说 猫趣杂谈

## 哈哈镜及其他

晨起，忽发神经，揽镜自拍，镜中人尽在眼底。虚实乎？缥缈乎？不由得想到儿时看的苏联童话小人书《哈哈镜王国历险记》。

故事讲的是：小姑娘奥丽雅平时毛病很多——自私，撒谎，逃学，还不爱干净。她听从镜子爷爷的指引，跳进哈哈镜，与另一个不同的自己——雅丽奥迎面相撞。

因为是与镜子中的自己互相面对，一切都是反的：名字是相反的，行为举止也是相反的。镜中的雅丽奥大方，诚实，爱帮助人，爱学习，讲卫生。在游哈哈镜的整个过程中，雅丽奥真诚地帮助奥丽雅共同克服困难，她二人成了不打不相识的好朋友。经历了一番历险后，奥丽雅从雅丽奥的身上看到了自己的不足，跳出了哈哈镜，改正了自己的缺点，变成了一个好孩子。

多么美好的结局！这个美丽的童话以镜子变身为哈哈镜做框架讲述了一个美好的故事。

镜子大致可分为平面镜、凹面镜和凸面镜。而如此威力无比的哈哈镜世上并不存在。顾名思义，哈哈镜是利用平面镜成像原理，将一个镜体的表面有意制作成凹面或凸面，通过光的反射将镜前的人或物映出不同于以往的夸张和变形，引发人们哈哈一笑。哈哈镜由此得名。哈哈镜多置于公园和儿童游乐场，也是光学原理科普的好教具。

玻璃和玻璃制品（包括玻璃镜）的发明和制作是一个久远的话题。远在五六千年以前，埃及人首先发明了玻璃烧制工艺，后来传遍欧洲大陆。中国的玻璃萌芽于商代，古人称它为琉璃、药玉，清代才称为玻璃。在我国古代，镜子一般用铜制成，将铜面打磨光滑，以此映照出镜前的人和物的映象。戏曲中崔莺莺的对镜梳妆也好，《聊斋志异》里李女的“揽镜大哭”也罢，她们用的都是铜镜。用玻璃为原料制作镜子则是近几百年的事情了。

更有一句千古名言，将镜子随同这句话一同载入史册。

唐贞观十七年（643），以直言敢谏闻名的宰相魏徵病逝，唐太宗为失去这个左膀右臂而痛哭不已：“上登苑西楼，望哭尽哀。上自制碑文，并为书石。上思徵不已，谓侍臣：人以铜为镜，可以正衣冠；以古为镜，可以见兴替；以人为镜，可以知得失。魏徵没，朕亡一镜矣！《旧唐书·魏徵传》

镜子的最大好处，就是它不带任何偏见的客观性。

朋友是一面镜子，能照出自身的卑微或崇高。当然，朋友不在身边，也就无有这面镜子一说。不过，自己也尽可将自己放入镜内，照向自己的内心深处，检验自己的朋友标准和审美取向。

站在穿衣镜前，镜子可以照见你的全身。近前来，还能看到自己脸上的细微皱纹和根根白发。它不会粉饰你，更不会欺骗你，那镜子里面的人是一个真实的自己。我们会坦然地接受自己的一切。对于自己外表的不足之处，或者通过锻炼重塑自己的身材，或者利用护肤品修饰容颜的瑕疵，让自己变得更美好更自信。

所有这些外在的努力，都应该在适度的范围内。君不见一些好美的少女老媪夸张地描眉画眼，一张张脸涂着厚厚的妆，看不见她们的真容，这种修饰打扮失去了它原有的意义，有如一个站在哈哈镜前自我欣赏的审美怪人。失去了真，就失去了美；美的前提是真。

生活中，我们是如此的真实吗？

对人的评价，每个人都有自己的认知准则，有自己的关注点，可能对他人有较全面的了解，也可能是一知半解。所以，戒对他人下断言，因为这样做也可能会出现瞎子摸象的笑话。

作为个人，譬如照镜子，在不同的镜子中看到的是你在他人心目中的不同影像，由此真实地再现自己，真实地再现经过努力不断完善的自己。正如古人所说：“以铜为镜，可以正衣冠；以古为镜，可以见兴替；以人为镜，可以知得失。”也像哈哈镜王国历险的小姑娘，在有魔力的哈哈镜中，客观地认识自己有哪些不足，在困境中锻炼自己，不断学习，努力成为一个好孩子。

恍惚中，似乎是看到一个类似于我的八十一岁的老太婆，一不小心也跳进了魔法万千的哈哈镜，变成了一个十八岁的美少女。她在哈哈镜里重返年少，经历了一番命运中的懵懂和清醒、意识和下意识、接纳和抵触、理智和疯狂的内心矛盾；又好像经历了热浴桑拿的洗礼，出一身透汗，让世俗的焦灼的心灵得以平复……美少女跳出了哈哈镜，还原为一个常态的大写的自己。

谢谢你，魔幻的哈哈镜！借助于对你的解读，似乎让我经历了一番梦幻般的奇遇。

2014 年 7 月 29 日

## 从庄周梦蝶说起

古有蝴蝶梦，今有中国梦。有梦，是好事，因为它往往有对现实的观照和不妄自菲薄、积极向上的一面。

“昔者庄周梦为蝴蝶，栩栩然蝴蝶也，自喻适志与！不知周也。俄然觉，则蘧蘧然周也。不知周之梦为蝴蝶与？蝴蝶之梦为周与？周与蝴蝶则必有分矣。此之谓物化。”

一篇《庄周梦蝶》，史上多少文人墨客政治家都在描述、吟咏内中的至情哲理，可见感人之深：

“寻思人世，只合化，梦中蝶。”——辛弃疾《兰陵王》

“蝴蝶庄周安在哉，达人聊借作嘲诙。”——陆游《病后晨兴食粥戏书》

“渐觉身非我，都迷蝶与周。”——李群玉《半醉》

“愿作南华蝶，翩翩绕此条。”——吴融《杏花》

“寄言庄叟蝶，与尔得天真。”——钱起《衡门春夜》

…………

醒是人生的现实境界，梦是一种幻化的境界，应该是风马牛不相及的。可是，庄子告诉我们：人生如梦，人生可以做梦。我们还可以进一步说：梦境若是我们理想的生活状态的话，我们就去追梦，用我们的努力将梦想变为现实。“以美启真”，“把握存在的本真状态，追求一种自由的理想境界——人的诗意栖居”。庄周梦中自己变成了蝴蝶，那是一种现实中所不具有的自由自在、无拘无束、欢乐无比的神游状态，更是一种美的享受。

爱美之心，人皆有之；世人对美的追求和对理想境界的追求是永不停息的。“庄周梦蝶”的故事给历代诗人、文学家以丰富的想象空间，他们写出优美诗句，憧憬着生活像蝴蝶般色彩斑斓，像蝴蝶飞舞般自由自在。现实是不美满的，所以对现实生活的求全责备，是没有意义的。只有理性地海纳、包容，从中找出解决的办法；就像用丹柯举起的火热的心燃起光明的火把，驱走夜的荒蛮，走出一条生的路来。

梦蝶，我取人生慨叹和追求理想、以及恬淡闲适的浪漫之意。

有庄子的蝶飞，是因为有现实的人生，它们互相映衬；蝶飞尽可离天三尺三，现实却不可因此而灰暗。

化蝶梦是人内心潜在的浪漫情结。只要不将现实与梦想本末倒置、迷失自我；只要有梦，人生的华彩有如早晨海上薄雾中腾升的太阳，给人以欣喜和希望。

作家马德告诫人们：“有些悲哀，是人为的悲哀；有些悲剧，是自设的悲剧。”戒之。

人生与梦想合二而一，物我两忘、逍遥自由，方可淡化人生如梦引发的惶惑与哀愁。乐天、达观，应是庄周梦蝶带给我的启迪。

2015 年 11 月 28 日

## 从电影《萨特阔》说起

在我少年时代所看的电影中，给我印象最深，以至至今不忘的一部影片是苏联的童话片《萨特阔》。

那时还是小孩子，不明白英雄萨特阔历经千辛万苦寻找幸福鸟，幸福鸟却告诉他：“长眠吧！长眠就是幸福！”

他听到后是大失所望还是如梦方醒？因为我觉得与萨特阔在寻找幸福的过程中所受的磨难相比，这个答案未免太让人泄气了。

现在我倒觉得萨特阔这一番寻找幸福的人生经历是最宝贵的。他寻找过、为此奋斗过、跋山涉水走过、酸甜苦辣尝过、电闪雷鸣挺过，最终归于泰然、寂然、安然，归于对人生幸福意义的明察。这是人生难得的历练，又是多么难得的境界！

“孤帆远影碧空尽，唯见长江天际流。”多么唯美的画面！

人不同于其他生物的最根本的一点就是他的思想性。人在物质世界生活，同时也在自己的精神世界行走。当追求真理、追求幸福、为理想而奋斗成为大多数人的愿望时，这个世界就充满了勃勃生机。

我喜欢电闪雷鸣。在我的手机里，拍了很多乌云压城，电光闪闪，阳光乍泄，霞光满天的瑰丽景象。

我也喜欢大海的一望无际和它的波浪滔滔！

我喜欢西湖的烟波疏柳，也喜欢泰山的巍峨壮观。

我喜欢华山的瘦骨嶙峋，更喜欢武夷山的直插云天！

庐山的清幽，似乎看不到曾经的刀枪剑戟；奔腾的浪花，忘记了可爱的小人鱼曾是它的前身……

只要我们热爱生命，热爱生活，勇于探索，拓宽视野，即使经历了千难万险，即使结果并不尽如人意，我们也会自豪地说：我努力了，我是幸福的人。

2016 年 3 月 9 日

# 看京剧《霸王别姬》有感

一首《垓下歌》流传千古："力拔山兮气盖世，时不利兮骓不逝。骓不逝兮可奈何，虞兮虞兮奈若何!"这是西楚霸王项羽面对刘邦的大军压境而无还手之力的千古绝唱。

悲凉，无奈!

耳听四面楚歌，面对美人虞姬，既不能挽狂澜于既倒，又不甘束手就擒。英雄末路，大势已去。

奈何，如之奈何!

那一日，太阳西坠，余晖洒向野外荒郊。枯藤老树昏鸦，断肠人在天涯。忧心如焚、强颜欢笑在大王帐前舞剑的虞姬，以拔剑自刎将生离化作死别，成就了项羽率八百子弟兵的最后一搏。

从史书得知，这是一场艰苦卓绝、力量悬殊的恶战。项王在四面楚歌的氛围中，率兵八百突破重围，向南奔走。汉军五千奋力追杀，"项王渡淮，骑能属者百余人耳。"随后迷失道路，问路又被农夫错指方向，身陷大泽之中。汉军几千人马一路追杀，项王率兵跑到东城，此时麾下只有二十八骑。寡不敌众，项王自知难逃此劫，对紧随着他的二十八名骑兵推心置腹，一声长叹："此天之亡我，非战之罪也。"遂兵分三处，自己单枪匹马大呼驰下，汉军皆披靡，遂斩汉一将。三军会合，复斩一名汉军都尉。困境中尽显英雄本色。想当年起兵至今八年，作战从未失利，遂成霸业。英雄末路，今非昔比。项王来到乌江水边，乌江亭长请他上船渡江，项王笑着说：天要我亡，我还要渡江做什么？当年江东八千子弟跟随着我南征北战，现在无一人生还；即使江东父老不怪罪我，我又有何面目再回去见他们呢？——遂于乌江自刎而死。

项羽虽有“力拔山兮气盖世”之勇，却无刘邦的“大风起兮云飞扬”的谋略。一个有勇无谋的人成就霸业难上难。

项羽自惭“无颜见江东父老”；他败则败矣，却是一个铮铮铁骨的血性男儿！

生的风生水起，死的无牵无挂。

他以英雄气概和刚烈的性格上演了一出楚汉相争的历史大戏！

勿以成败论英雄。自古亦然。

2017 年 2 月 6 日

## 望星空

滂沱大雨浇透了全身，瓢泼水柱在头顶起舞，溅起白色的浪花无数。

两道清澈的山泉淹没在激荡的洪流中；像暴风雨中高傲的海燕，雨帘中昂起喷泪的头颅。

啊！花洒喷头下的世界是多么的奇妙，怎能让雾霭迷住双眸。没有悬念的答案，像蝴蝶的彩翼在花间飞舞；飘零的秋叶在风中一展凄美的歌喉。

望星空，月有阴晴圆缺，人有悲欢离合，无不展现生命的律动！

月圆时，那是美人的银盆笑脸，光辉灿烂；月缺时，那是一弯荡漾在天际的小船，形神浪漫。悲离别时，那是一曲二胡的幽咽，也是琵琶促弦的多情；庆欢乐时，那是高山流水天籁之音，悠扬悦耳的咏叹调。一切尽在不言中。

天上明月圆缺有时，那是一幅流动的优美画卷；人间悲欢无数，那是一首首动人的诗篇。

多么愿意乘一苇扁舟，踏碧波万顷；载着思绪的飞花，忘情地纵横驰骋！望断咫尺天涯，心系天涯咫尺。那里是湛蓝晴空、风光无限、山花烂漫！

看！在狂风暴雨中，一只雄健的苍鹰，乘着时光的飞船，绝云气、负青天、劈波斩浪、展翅翱翔！

## 你听到过黄河的咆哮、大海的怒吼吗？

在冼星海作曲的《黄河大合唱》里，我们听到了“风在吼，马在叫，黄河在咆哮”的雄壮歌声。黄河，是中华民族的摇篮，是七十多年前抗日战争的战场。

黄河之水天上来！它呼啸着，呐喊着，一路奔腾跳跃，注入浩瀚的渤海。它呈现给我们的，是中国人民不屈不挠的战斗精神！

在普希金的童话诗《渔夫和金鱼的故事》中，当贪婪的老太婆让渔夫一次又一次向金鱼索要荣华富贵，以至野心勃勃还要当海上的女霸王时，大海鄙夷地发出叹息般的吼声，然后不留情面地掀起滔天巨浪。怒涛汹涌澎湃，奔腾、喧嚣、呼号。小金鱼最后让老太婆一无所有，她曾经索要到手的一切回归了大海。这表达了对贪心不足、野心勃勃的人的无比愤怒和辛辣嘲笑!

在大仲马的小说《基督山伯爵》中，大海的怒吼是对背信弃义、不择手段陷害朋友、捞取功名富贵的阴谋家的凌厉鞭挞。大海的波澜壮阔和威猛雄壮是无以复加的，它的惊涛骇浪，它的摧枯拉朽、排山倒海之势是锐不可当的。它给人以心灵的震颤，所产生的印象是久远的，以至我在书桌前都能活生生地感受到大海的威力和魅力之所在。

大海，给人以变幻莫测的景象和奇丽的遐想，给人以深邃的智慧和无穷的力量。

我想，当我们钟情于安逸祥和时，还会有一颗不安分的心向往大海，向往那无垠的宇宙，向往探索和发现，向往有一个不平凡的人生。

2015 年 7 月

## 生命的律动

不知什么时候，一小块顽石漂流到大河之滨。岁月像冷峻的刀剑，劈斩和磨砺着它的面容。

走过了一年一年又一年，历经了风沙的追逐，雨雪的洗礼，烈焰的炙灼，雷电的轰鸣。

它未丢失与生俱来的任性和纯真，流露了依稀现出的对生命的感动。

春风令它温润而快乐。

夏花赋予它热烈和生命的激情。

秋叶令它悲天悯人，崇尚高远。

冬雪覆盖了它所有的不完美，连带那激情四射、蓬勃生机的魂灵。

可是，不完美才是真实的生命。

古云：大道至简。

至真、至善、至美，是最崇高的向往；放眼前程，相信世间的美好存在于每一个灵动的生命中。

2015 年 7 月 12 日（夜不眠，偶得）

## 一滴墨汁的启示

智者有言："一滴墨汁落在一杯清水里，这杯水立即变色，不能喝了；一滴墨汁融在大海里，大海依然是蔚蓝色的大海。为什么？因为两者的肚量不一样。宽容别人，就是肚量；谦卑自己，就是分量；合起来，就是一个人的质量。"

春夏秋冬四季轮回，高山大川沧桑巨变，花鸟鱼虫、万物生灵，都脱不开相互依存的法则，更脱不开强者益强、适者生存的天意。

秋叶终究要飘落在地，怎能怪乎秋风？

若是那枫叶，风愈烈，叶愈红；漫山遍野，红得心醉，红得发烫。冷傲的秋风在这火红的热烈中低吟浅唱，全然不见了往日的冷酷。

是秋风改了一扫落叶的秉性？——那是不可能的。

是枫叶用坚韧和执着稳稳地紧贴着心灵的依托——那不是来自秋风的温柔，而是来自独立强大的自己！

怨天尤人是弱者的无奈选择。

谢谢你！来自一滴墨汁的启迪。

## 品《聊斋志异》笑段

某日看小郭先生文，说自己小时候淘气怕挨打，又偏偏被打的滑稽场面，不禁莞尔。又联想到《聊斋志异》里的两个小段儿，终让我开怀大笑。

《聊斋志异》中有很多令人捧腹的小段。

其一：一强盗犯死罪，临刑前嘱咐刽子手，“手下万勿留情，请速战速决。”刑时，操刀者手起刀落。只见头在空中尚未落地，还不忘大声赞道：“好快刀！”

其二：某夏夜，大地震颤，房屋摇摆。男女老少都从梦中惊起。众人纷纷跑到屋外，聚在一处，惊恐万状。纷纷扰扰，指天画地，莫衷一是。少时，众人忽噤声，低头看己，抬头看人，不料在慌乱间皆赤条条未着衣物。羞愧之心骤起，遂各自奔逃鼠窜。

此两篇小短文，在蒲松龄笔下，写得更是活灵活现：用强盗在瞬间被砍下的头将落未落时还能赞一声“好快刀！”这一奇妙构想，来表现刽子手刀技的纯熟，也写出了强盗的豪气和临危不惧。

而第二篇小文章则把人们在灾难突然降临时的惊慌失措、惊魂甫定时忽然发现自己失态后的狼狈不堪，都刻画得毫发毕现。此情此景，当是一幅劫后余生图的最详尽的注解。可用“含泪的笑”形容百姓们在震后余生、又惊又喜又愧的复杂心情。

看《聊斋志异》，每读至此，令我喷饭。

这两篇文章的篇名，一为《快刀》，二为《地震》。之所以在此喋喋不休，是因为本人最喜爱并郑重向列位推荐清代蒲松龄的文言短篇小说集《聊斋志异》。不要看白话译文，不要看改编的电视剧，它们的繁缛文字和俗套画面将名著降格为市井演义，读则味同嚼蜡，看则不堪了了，小说原有的语言文字美和意境之美通通化为乌有。

每念及此，常有沾襟之叹。

2014 年 3 月

# 狼

北国风光，天寒地冻，大雪纷飞，一赶车人催马奋力前行。忽见道旁有一狼冻饿交加，倒卧路旁。遂将一块肉骨抛于狼侧，饲狼。

又一日，赶车老人又经此地，车轮陷入雪坑，前后不得行。只见一饿狼目露凶光奔跑而至，心想我命休矣！却见此狼车前顿止，眼望老人，稍后，返身而回。

少时，见此狼率众狼奔至车前，个个口衔一束稻草，依次垫在轮下。赶车人奋力挥鞭，车轮拔出泥沼，马儿咴儿咴儿，继续前行。

老人回望，只见群狼围一狼而立，躬身目送老人。

呜呼！狼尚知恩图报，何况人乎！

2014 年 6 月 22 日

**后记：**

看了《男人就该像狼一样活着》一文，颇有感触。想到我曾看过的一则关于狼的小故事，于是回忆叙写如上。(2014 年 12 月 8 日)

# 鹦鹉和猪的故事

朋友转发了一段网上流传的小寓言故事：飞机上，鹦鹉说："这航班服务太差了，老子不坐了！"说完就打开机舱门跳出去了。

猪也跟着站起来说："你说得太对了，我也不坐了！"就跟着跳出去了。半空中，鹦鹉对猪说："你不会飞跟我出来干吗？"——故事讲完了。

对此，聪明人对蠢猪报以轻蔑的一笑：它太自不量力了，它是谁？是猪，猪能跟鹦鹉比飞行吗？何况又是在半空中的下落。"鸟"云亦云，简直是吃了豹子胆，将生死置之度外。或是高估计了自己的飞行能力，以为能与鹦鹉并驾齐驱；或者是猪头脑发热一时的冲动之举。

又想，可能这没脑子的猪拜了鹦鹉做大师兄，对师兄无限崇拜，少了思考，条件反射般地紧紧跟随。这种愚忠将它带入了无可挽回的生死之场。不管它的初衷多么值得赞扬，人们只能对它这一跳扼腕叹息——蠢猪啊！

此时此刻，猪又是怎样想的呢？

猪对鹦鹉说："摔死摔活，试试看。至少我还有跟飞的勇气。"

看来，它知道从机舱往下跳的危险。它在意的是自己的选择，自己的一如往常的对鹦鹉的信赖和跟随。这样的忠诚，这样的义无反顾，令人爱恨交织、啼笑皆非。

鹦鹉又是怎样想呢？它可能轻蔑地对猪说：“找死吧！”

猪会悲哀地说：“当你也如此冷嘲时，那我是死定了。”

鹦鹉也可能无限感动地说：“哥们，我助你飞！”

猪知道，凭它这粗胖身躯，鹦鹉是无论如何也驮不起它的。可是，有这句话垫底，即使下面是万丈深渊，它也会含笑而落。

在猪的愚蠢一跳中，是否触动了我们心中的哪一根弦，让我们有那么一丝深深的感动呢？

2017 年 3 月 17 日

## 近观鹊蛇之战

庐山，位于江西九江市南，东偎鄱阳湖，雄峙长江南端，以雄、奇、险、秀闻名于世，是我国四大名山之一。

多年前的一个夏天，我曾去庐山一游。

汽车沿着盘山道螺旋上行，沿途林木葱茏，阴凉如秋。住在山上，云雾缭绕，恍若仙境。我们在仙人洞前留影，到美庐参观。

我想在这里看日出，却因为连续几天的云雾缭绕而未能如愿。导游小姑娘说：“这里气候湿润，多产庐山毛尖和云雾茶，而常住此地的人，却多有患关节炎。”可谓祸福两相依。

李白的《望庐山瀑布》“日照香炉生紫烟，遥看瀑布挂前川。飞流直下三千尺，疑是银河落九天”，让我们再不要用其他文字来描述庐山的瀑布之美。

苏轼的“不识庐山真面目，只缘身在此山中”，让我们领略了庐山的傲岸雄奇，它的深藏不露不是一眼就能看透的。

这里是避暑胜地，更是具有深刻的历史文化内涵的名山。20 世纪 30 年代，庐山成为南京国民政府的“夏都”，“美庐”见证了国共合作的历史画面。而新中国成立后三次中共中央会议在此处的召开，更让庐山成为重大历史事件的地理标记。

如此雄奇诡异云蒸雾绕的庐山，发生什么事都不会让人惊奇。不料，一件小事，却又让见怪不怪的人们一阵阵地感叹唏嘘。

这是一段发生在庐山的视频：喜鹊和蛇的大战，围观者众。

人们看到：在庐山脚下，一只喜鹊不惧蛇的威风，与蛇对掐，飞腾扑咬，步步相逼。蛇时而伸颈抬头，时而腾挪腰身，嘴利牙毒，将喜鹊逼得不时飞向空中。不待瞬间，喜鹊又利箭般直落蛇身，发狠扑咬，大战难解难分。若干回合下来，杀红了眼的喜鹊以决一死战的奋勇，彻底打消了蛇的锐气。已无招架之力的蛇仓皇败走，喜鹊紧追不舍，将其千口万啄，蛇终毙命。

众皆纳闷：一个飞禽一个走兽，井水不犯河水，何来如此深仇大恨，必欲将对方置于死地而后快？况且一个小

小喜鹊，不惧腰身庞大又有蛇毒的对手，以小拼大，以弱胜强，何来如此勇猛？

惊讶猜疑之下，有人拿剪刀剖开蛇腹，内中一物出——原来是一羽毛尽褪体肤完好的小鹊遗骸。众皆粲然。

呜呼！鹊之爱子，奋不顾身；天下父母，宁不一哉！小则保家，大则卫国，同理同心。可怜天下父母心！

2017 年 8 月

## 猫趣杂谈

（一）

猫，作为猫科动物的一员，是很有身份的。它与狮豹同科。传说中的猫，打抓跃扑跳咬十八般武艺样样精通。老虎曾拜猫为师，学得一身本领，最终成为统领兽群的山大王。猫则在无意中保留了一个上树的绝技，在老虎反目成仇要吃它时，一下子跳到树上留得活命。老虎不会爬树，只好放了猫一条生路。而从此之后，猫退隐山林，干起了看家护院捉老鼠的营生。

猫与老鼠似是天敌。猫以鼠为食，鼠视猫为仇人。官家偌大的粮仓，养几只猫在里边，老鼠就不敢肆意妄为咬食粮食，猫对于人类可以说是有功的。更不用说一些有珍贵血统的宠物猫，它们被人们所宠爱，登桌上椅，俨然家里的一个成员，也同时带给了老人和孩子们无尽的欢乐。

有关小猫咪的故事很多，也是小朋友最喜欢听的故事。

记得有一本连环画，叫《小猫钓鱼》，说的是小猫和姐姐一起到河边钓鱼。蝴蝶飞过来了，它放下钓鱼竿追蝴蝶；看到蜻蜓在头顶飞，它又要捉蜻蜓，这个贪玩的小猫最终没有钓到鱼。

还有一个猫和老鼠的故事。小猫奉命看守粮仓，刚开始时因为贪玩失守，几只胆大妄为的老鼠伺机而动，从粮仓拖出一袋芝麻。并且高兴地唱道："一只小猫，有啥可怕，壮起鼠胆，把猫打翻！"又得意地唱道："一袋芝麻到手啦，拿在手里笑哈哈！"……

我的大儿子小时候最爱看这个故事，不止一次地让爸爸和妈妈假装是老鼠，他是小花猫，共同演绎这台戏。故事的最后，小花猫知道要担当职责，在老鼠又一次偷盗粮食，并且得意地唱："一只小猫，有啥可怕。壮起鼠胆，把猫打翻！"时，儿子扮演的小花猫大喝一声"站住！"将偷盗粮食的老鼠全部抓住。此时，不仅是小花猫，更是在儿子的心中，不知有多么的自豪和快乐！

故事中的小花猫几经挫折，知道了做什么事情都不能偷懒，也不能三心二意，培养了认真负责的好品质。我的儿子也从中学到了一些做人做事的道理。可谓寓教于乐，轻松快乐。

还有一部电视上曾经播放的动画片《猫和老鼠》，那是老鼠将猫玩弄于股掌之间的一桩桩诙谐有趣的小故事。

这些小故事，不仅孩子喜欢看，大人也爱看。猫的趣事，让大人小孩都沉浸在童话之中，笑容漾溢嘴角。

与人和谐相处的动物不仅是猫。

在不知不觉中人与动物结下了不解之缘，认识到它们的纯情和美好。人们通过对许多动物行为举止的观察，看到了它们曾经不为人知的一面，比如善良，比如母爱，比如面对困境勇于拼搏，比如团队精神……令人们生发出珍惜动物，珍爱大自然之情。

（二）

我家有一只小猫，活泼可爱。它那毛茸茸的黄白相间的毛，圆圆的脑袋，亮亮的大眼睛，尤其是它在玩毛线球时的翻滚扑跌，执着地绕着圈子捉自己小尾巴的滑稽场面，让我童心萌发，快乐无比。

小猫的憨态可掬，还令我不由自主地顺手写过几句顺口溜。

这是一种看卡通片的感觉，更给人一种有益的联想：小猫儿捉自己的小尾巴——自己玩自己。当作游戏和消遣，会让人忍俊不禁，感到它无比天真幼稚和可爱。可是，拿到成猫世界，最好它是盯着另一只猫的尾巴做研究；或者干脆去捉老鼠。这就不会围着自己尾巴打转转做无用功啦！

放猫眼于四野，世界大得很！比起玩自己小尾巴的怡然自得或是自怨自艾、气急败坏要快乐得多、也有趣得多。何乐不为！

我与小猫有相通的地方：我不自怨自艾。没人欣赏自己，就自己欣赏自己——人，总要活出点自我认可的价值感，活出一份精气神。

我不气急败坏。人说，“愤怒出诗人”。我愤怒了，怎么成不了诗人呢？看来，心中有大爱才能成为诗人。才能写出“野旷天低树，江清月近人”的清幽，写出“白日依山尽，黄河入海流”的大气，写出“相看两不厌，只有敬亭山”的闲适，写出“前不见古人，后不见来者”的苍凉……

在大自然的怀抱中，在异彩纷呈的动物世界里，在与小猫的嬉戏中，我不断扩大自己的视野，不断悟得人生的智慧。

2018 年 1 月

## 《紫砂壶》又解

最早从“牛弹琴”公众号看到《紫砂壶》这篇小短文，很是喜欢。边看边笑，及至最后，笑不能止。再看，又大笑。看第三遍，我开始深思。第四遍，我珍藏……第 N 遍，我写了一篇又一篇的小短文《紫砂壶后续》。

反复咂摸，这篇文章果真是百看不厌，既诙谐风趣又发人深省：有说“一事到来，要先看一看，缓一缓，多点思路”，有说“冲动是魔鬼”……

不惮狗尾续貂之嫌，我将《紫砂壶》又作一解。

**附：《紫砂壶》**

某人得一宝贝紫砂壶，每夜都放床头。

一次失手将紫砂壶壶盖打翻到地上，惊醒后，甚恼。壶盖没了，留壶身何用？于是抓起壶扔到窗外。

天明，发现壶盖掉在棉鞋上，无损。恨之，一脚把壶盖踩得粉碎。

出门，见昨晚扔出窗外的茶壶，完好挂在树枝上……

## （一）

兔姐、兔弟共有家中一宝——紫砂壶。姐存壶身，弟存壶盖。

兔弟精力旺盛、活泼开朗，常将紫砂壶壶盖拿出把玩，翻、转、腾、挪，穷其技艺，犹如哪吒手提火尖枪、足踏风火轮那般英武。兔姐手捧紫砂壶壶身，看着眼前惊险的一幕，目瞪口呆！是兔弟游戏的成分大了些呢，还是兔姐的担心多了些呢？抑或是生活本身就是一场舞台剧，玩的就是心跳?!

兔姐将壶身妥妥地保存，捧在手心怕摔了，抱在怀里怕碎了。

见兔弟似不在意，心忧，隐忍。多时，终不能耐。哭诉曰：“姐心七上八下，如履薄冰，如临深渊，时时忧虑你失手碎壶盖；不若我先将壶身摔碎，冀可免我终日惶惶矣。”言罢，举壶身欲碎之。

兔弟曰：“非也，所言差矣。弟之不经心，表象。焉不知紫砂壶乃家中之宝，岂有抛掷践踏之理。姐大可宽心，再不要作向隅而泣状。”

兔姐神安。复又反思：我本忧心，却如何又像河东狮吼，又像“河西”米国的核讹诈哉！真真搞不懂自己这一变身。不知兔弟可受得了这一惊吓否。自己存疑。呵呵！

续貂者曰：兔姐之所为，多受谤议。正所谓：知我者谓我心忧，不知我者谓我何求！

（二）

兔弟的紫砂壶壶盖碎了，很伤心。

兔姐将紫砂壶壶身送给兔弟，告诉它可以一壶身两用：一来可表示对痛失壶盖的哀悼；二可作纪念品，又称免战牌——免去曾有的唯恐壶身壶盖相撞之扰。睹物思情，也能让兔弟常常记起：曾有的宝是多么的宝。

至于谁打碎了壶盖已经无关紧要！

哈！旧的不去，新的不来；天地玄黄，宇宙洪荒；世上没有不散的筵席，也没有流不完的泪水。紫砂壶啊紫砂壶，如此娇贵之宝，既禁不住翻转腾挪的折腾，也受不了奉若神明的庙堂供奉。它应是外观高雅，内容满腹锦绣的煮茶品茗之具。

可是，碎了……

续貂者曰：这正应了兔姐的话——世间情为何物？虚无缥缈，一地鸡毛！

（三）

“缘分是本书。翻得不经意会错过，读得太认真会流泪。”

紫砂壶，它的历险记让我难以忘怀。我有一把意象中的紫砂壶，永远把它放在心窝处。

意象中的紫砂壶，是友情、真情的象征。能与它紧握，是智慧人生的必修课，是理性和感性的完美结合，是人与人交往的唯美境界，是我们一生不懈的追求。

亲！生活是实体。若将朋友缘分当成稍纵即逝的光影，也只能是给生活的大餐加上了一点小小的作料而已。学会珍惜这并非随时随处都能显现的心灵之光影，因为它值得珍惜……

有如“众里寻他千百度。蓦然回首，那人却在，灯火阑珊处”。此中滋味，此番寻觅，此种机遇，此等惊喜，并非人人有幸得遇！即使“身在此山中”的人也会识得这回眸一笑的神奇，加额庆幸命运对自己的青睐，因此而感动得潸然泪下——“知音啊！”

友情，给生活的韵味增添厚重感。

真正的朋友，不只是生活的小作料，不只是一点亮色，他是点燃的一盏开启智慧、开启心灵之窗的明灯，让我们的心更敞亮。每一次切磋，每一次交流，每一个小小的天窗的洞开，都让我们在疑无路时，看到智慧的光芒，看到思想还有前行的曙光。

我们不该轻慢自己的真情实感。

不要质疑一个朋友的在意，它是最真诚的心声；不要将友谊视为负担，它应该是轻快的音乐，曼妙的舞姿，赏心悦目。

我不质疑精神世界所涵盖的远远大于物质世界的所有；现实生活中精美的文学艺术、音乐舞蹈是滋养人心的精神食粮，就如《紫砂壶》给予人的启迪。

朋友之间的交流切磋以及对天地万物情感的抒发，是精神世界的碰撞；它撕开了物质世界的面纱，还人生以更广阔的空间。它在不触及社会规范的九天自由驰骋，最大化地调动人的脑细胞，探索无垠，获得精神层面的美感和最愉悦的享受。

朋友、知音，高山流水、司马青衫，说的不就是这种世间大爱、无私之情吗？这是可以登高以呼啸，临清流以赋诗的美好感情！

续貂者曰：对美好的事物，美好的心情，人们渴望永恒。可是，“永远”，永远也没有想象得那么久远；如此快餐社会、快餐文化，想要一瞬间的永远是不可能的。

苏子曰：“盖将自其变者而观之，则天地曾不能以一瞬；自其不变者而观之，则物与我皆无尽也，而又何羡乎！”

就像说光阴如白驹过隙，浓缩了的时光，瞬间也意味着生命的无限延展。

世上真有值得留恋的瞬间吗？

那该是多么的刻骨铭心！

2015 年 5 月

# 再说紫砂壶

## （一）

记忆里那是 2014 年 12 月，我从微信公众号“牛弹琴”中看到一篇文章《紫砂壶》，文章短小精悍，意寓深长，令我百看不厌。我喜欢这篇文章，由此及彼，我也喜欢紫砂壶，对紫砂壶有了一份特殊的情怀。

几年来，我不断从网上看到宜兴紫砂壶的广告，这次又特意多看了几眼。紫砂壶造型优美、形式丰富多样，或精美细巧，耐人寻味；或奔放大度，令人心旷神怡。加之镌刻于壶体表面寓意深远的题诗作画，更增添了浓郁的书卷气。

宜兴紫砂壶选料精，做工精细，造型优美，寄托了诸多能工巧匠文人雅士的家国情怀，此壶绝非一般茶具可比。

紫砂壶多属观赏品鉴之物，价格不菲，观之每呈望壶兴叹之态。此时，不由得想起家中也有一两把紫砂壶，小巧别致，却不知师从何门，也从未当宝看待。有的壶盖掉了一角，有的随意放置一边，大有暴殄天物之嫌。

鸣呼！想自己还曾以《紫砂壶又解》写一小文，大有与紫砂壶相识恨晚的感叹。此时想起来却又觉得自己与叶公好龙有某种类似——当它是宝则是宝，是宝却又不知作宝贝对待。其状也俗，其情也哀。这也是我重文轻物、重虚轻实的现实版再现。

物可傲视，情不可藐。如凌人心语所说："一段岁月的经历、一段情感的故事、一段生命的感怀，让思想无限伸延、让意境朦胧悠远、让心情缓缓醇然。"此话不虚。

（二）

我曾看到一篇文章，那是由紫砂壶演绎出的一个感人至深的故事。说的是在很久之前，有个非常喜欢喝茶的财主。一天，一个衣衫褴褛的乞丐来到财主门前要讨碗茶喝。乞丐对下人倒给他的茶水，都做一番挑剔品评，说："茶要好茶，水要山泉水，柴需用名山阴面之柴，还要用好壶，才能泡出一杯好茶。"财主看出这是个精通茶道之人，就连忙取出好茶好水好柴再次烹煮，乞丐却又说："泡茶的壶不行。"财主无奈地说："这已是我最好的壶了"。

乞丐有一把紫砂壶，用它重新泡一壶茶来，味道果然不凡。财主愿出全部家产买这把壶。乞丐笑说："我要是舍得这壶，早已不会落到要饭这种地步。"

这把紫砂壶，成就了两个身份地位悬殊的人一段生死不渝的友情：乞丐住在了财主家，和他同吃同住，也满足了财主每天能观赏这把壶的心愿。两人用这把紫砂壶泡茶品茗，好不开心。他们一起生活了十几年，那是实实在在的同声相应、同气相求，以茶会友。

乞丐临终时将自己这把珍贵的紫砂壶托付给财主保管，财主如愿以偿得到了十几年来须臾不离自己视线的宝贝紫砂壶。

不久，在得到心爱之物的兴奋和喜悦过后，财主手里拿着紫砂壶却突然感到阵阵失落，那是对共执紫砂壶喝茶品茗谈笑风生年华的回忆，也是为失去志同道合的朋友而伤悲。梦寐以求的宝贝紫砂壶，远不及二人的情意重。于是财主将紫砂壶狠狠地摔在地上……

这又是一个关于紫砂壶的感人故事！

紫砂壶的感动源于朋友之间惺惺惜惺惺；文字的感动源于真情的流露。世上的事拼不过一个真字，人间的情也源于真：真实，真诚，情真意切。

真、善、美，首要是真。在真字面前，所谓涵养，所谓让步，所谓体谅，都显得力不从心、勉为其难。唯有一颗真心，真诚地对待朋友，才是人与人相处的无价之宝。这是紫砂壶和它的故事带给我们的思考和感动。

2016 年 12 月

# 四、闲　想

## 自　嘲

藤蔓依附高大的乔木攀爬到树梢，在雨林中可以借助大树为它遮荫，它以为自己就是一棵大树。

天公震怒，大树抖擞，藤蔓无助地脱落在地。

藤蔓植物在一生中都需要借助其他物体生长或匍匐于地面，也有的藤蔓植物会随环境而变。如果有支撑物，它会成为藤本植物；如果没有支撑物，它会长成灌木。但是无论何种情况，它都不能成为一棵顶天立地的大树。

藤蔓的精气神里缺乏了一种叫骨气的内在，所以它永远直不起腰来。

还有一句更刻薄的话，叫烂泥扶不上墙。

强者自强。

没有强大的内心，想在风雨飘摇的天地立足，那是幻想，那就无可争议地成为那摊扶不上墙的烂泥。

在人际交往中，有时候人极敏感、极自尊、极善良，在处理人际关系中也极愚钝、极其心甘情愿地检讨自己：因为委屈自己不需消耗朋友的诚信成本，不会伤及他人……可是，检讨不是目的。如果仅仅把检讨自己作为赔给众人的笑脸和对自己处事不力的罚单，满足于息事宁人，却忘记了对如何处理问题做一番认真的思考，以至最终放弃努力。少了经一事长一智的历练，那就真成了扶不上墙的烂泥。

余华在《活着》一书序里有一句话：“生活是属于每个人自己的感受，不属于任何别人的看法。”只要自己心里过得去，就不要顾忌旁人的看法，因为，是你自己以独特的体验来感受人生，而不是旁人。

能感受快乐、感受幸福，是最理想的人生。

感受悲情，感受苦难，感受煎熬，感受坚忍的奋争，感受自嘲的旷达，是充盈的一生。

感受春风的温柔，感受夏花的热烈，感受秋叶的肃杀，感受冬雪的覆盖，是完整的一生。

一个生活的强者，才能收获如此丰厚的一生。他们的强者地位，是在风雨中不断摔打磨砺出来的，一个人只要有这种不惧艰难险阻勇往直前的精气神，即使还没有成为生活的强者，也是值得称赞的。就如鲁迅所言：“优胜者固然可敬，但那虽然落后而仍非跑至终点不止的竞技者和见了这样竞技者而肃然不笑的看客，乃正是中国将来的脊梁。”

我以此话与朋友共勉。

2015 年 8 月 10 日

# 思

理性与感性，是一对孪生兄弟，相互排斥又紧密依存。

成熟的是理智，天真的是感情。

大千世界，千姿百态。非黑即白，非白即黑，非黑非白，亦黑亦白，黑白一统。

不是东风压倒西风，就是西风压倒东风——那是对决的惨烈。世上的事物，还是以“和”为贵。

“社会的正常状态是‘和’，宇宙的正常状态也是‘和’……在中国古典哲学中，‘和’与‘同’不一样。‘同’不能容‘异’；‘和’不但能容‘异’，而且必须有‘异’，才能称其为‘和’……只有一种味道、一个声音，那是‘同’；各种味道，不同声音，配合起来，那是‘和’。”(冯友兰)

一个人就是一个小宇宙。我们内心的冲突和矛盾，以及取得和谐圆满结果的过程，正是顽强的生命力的体现。

“树欲静而风不止”，多么富有哲理！

人们喜欢清澈的河水，在垂柳边、花丛旁，一条小溪川流而过。大小不一的鹅卵石铺排河底，鱼儿优哉游哉，穿梭于砂石水草间。清风徐来，水波不兴。这时，如果晴朗的天空飘来几朵丝絮般的白云，又该是多么的快意！那是一幅写意的水墨画，就像是一个人明净的心境……

早上到海边椰林小道慢跑。沙滩上散步的人渐渐多了起来。椰梦长廊道路的两侧多有锻炼的人群，有跳舞的，有打太极拳的，有练健身操的，有唱京戏的，有坐在旁边看热闹的。

到处是欢乐的人群，到处显现出生命的跃动。

在大自然的环抱中，重要的不只是肢体的舒展和运动，更引人遐想、更需要开启的是我们认识社会、认识自我的“头脑风暴”。在“生也有涯，而知也无涯”的短短一生中，做一个喜欢读书、热爱生活的文明人。

2015 年 12 月

## 闲 想

姨家人口多，是个大家庭。我在同辈人中按年龄排在第二，下面有五个表弟表妹，还有两个堂叔。那时我刚上小学，二叔已上清华大学，小叔在市五中上中学。

记得我上高一时，住校。有一次回姨家，向小堂叔问了一个自以为聪明却可笑的问题：洗衣服时，第一遍用肥皂，洗第二遍时水是清的，说明衣服清洗完一遍就干净了。可是如果再洗别的衣物，也还是要清洗两遍——因为我不知道一遍是否能清洗干净肥皂水。没有第二遍清洗后的清水，怎么知道清洗过第一遍后的肥皂水就清除干净了呢?

那时还没有提出“实践是检验真理的唯一标准”这一命题和全民的大讨论、大关注，团支部组织学习《实践论》，我读得也是似懂非懂。又因为常年住校，我的生活经验几乎为零。不知当时是哪根筋出了毛病，我居然动起这份脑筋来。

在那以俭为荣、安贫乐道的年代，洗衣服是用肥皂在大盆里用手洗，用搓板搓，没有洗衣机和乱七八糟的洗衣粉、洗衣液之类，所以相对好漂洗干净；而节约用水也是全民的共识。一个大院几户人家一个水表，每月按人口分摊水费，大家都很注意节约。哈！如此说来，我对国计民生和节约水资源也是十分关注的。

总之，我将自己的不解交给了聪明的小堂叔。多年前，小堂叔曾经用学过的化学知识在家自己制作汽水，我和几个表弟表妹连同邻居的孩子大毛二毛三毛围成一圈，蹲在地上目瞪口呆地看那瓶子里咕嘟咕嘟冒着气泡，看小堂叔得意地将胜利果实拿在手中让大家品尝。那快乐的场景，可说是念念不忘。所以我有问题就很自然地向小堂叔讨教。这次，他没有给我确切答案，我也不再追问。因为按我的知识储备和生活经验，都不足以得出答案，看来这真是个难解的问题了，我索然地觉得无解，也就罢了。

不知为什么，今天脑子里忽然跳出来战国时期赵国公孙龙的诡辩术和他的“白马非马”这一逻辑命题。也可能，当初我就是对这个问题感兴趣才推演出了洗衣服这个毫不沾边、不伦不类的问题？现在我已不得而知，只是觉得似乎在什么地方有拐弯抹角的关联。就在今天我也是先想到了“白马非马”，后想到了少年时的“洗衣”之问。

公孙龙不愧是一代大家，他在“白马非马”中能将形而上的诡辩术运用得如此自如，让当时有学问的人都百口莫辩；而逻辑学中“个别”和“一般”的关系也由此彰显出来。

很多时候，我们认可某种事物的一般形态；可是，当它赋予了自己本身的特点时，我们又多有疑惑，认为“它”非“它”，就像“白马”非“马”。如此，就会在逻辑上出现混乱，实践中理不清头绪。

又如历代津津乐道的“美人”之说。什么为美？每个时代、每个人都有自己的审美趣味和心目中的美人标准。“焦大不会爱上林妹妹”，强调的是阶级性。三国时的曹植在《洛神赋》中对洛神有这样的描述：“翩若惊鸿，婉若游龙。荣曜秋菊，华茂春松。髣髴兮若轻云之蔽月，飘飖兮若流风之回雪。远而望之，皎若太阳升朝霞；迫而察之，灼若芙蕖出渌波。秾纤得衷，修短合度……”聪明的文学家将美纳入人们各自的想象中，什么叫胖瘦得中，高矮合度？没有具体的标准。“情人眼里出西施”说的就是这个道理。换言之，如果大家都趋同于一个模子出来的“美”，试想，这种千人一面的“美”还能称其为美吗？

何况，美的外形只是悦人耳目的外在，美，更要心有灵犀、赏心悦目。

我将自己的所思所想记述如上。无知识点，也无生活体验。拉拉杂杂，一介清谈，如此而已。也是为了避免痴呆，哈！

2015 年 12 月 29 日

# 读诗有感

六月二十七日望湖楼醉书

苏　轼

黑云翻墨未遮山，
白雨跳珠乱入船。
卷地风来忽吹散，
望湖楼下水如天。

苏轼的《六月二十七日望湖楼醉书》写景极好，短短四句二十八个字，用了大量的动词（如：翻、遮、跳、入、卷、吹），将一场突如其来的暴风雨极为生动形象地描画出来。一忽儿是乌云压城、暴雨倾盆；一忽儿是风平浪静、天水一色的平和恬淡。恰如苏轼在另一篇诗中所说：“欲把西湖比西子，淡妆浓抹总相宜。”给人一种美的享受感。

忽发奇想：这一首诗二十八个字，也可是形容一场战事：有头有尾，有动有静，有声有色，有急有缓——

一场激战：战场上，将士奋勇厮杀（“黑云翻墨”），人声呐喊，号角齐鸣，战场有如打翻了墨水瓶一样的昏天黑地、硝烟滚滚。有冲入敌阵（“白雨跳珠”）的混战，想那暴雨敲打着船舷乒乒乓乓，有如两队人马短兵相接的激战……当此之时，一方增援部队如天兵突然降临（“卷地风来忽吹散”），英武顽强，风卷残云般地将敌军消灭。当人们把战场打扫完毕，一切又归于平静，恢复了战前本来的样子。天水相连，风景如画，人们为战事的结束与和平的到来额手称庆……

这样生动形象的诗句，可以充分调动读者丰富的想象力。每一句诗都是一幅波澜壮阔的画面，读者有如身临其境，不禁为作者的才思和文笔拍案叫好！

又如白居易《琵琶行》里对琵琶女演奏的形容——“大弦嘈嘈如急雨，小弦切切如私语。嘈嘈切切错杂弹，大珠小珠落玉盘。间关莺语花底滑，幽咽泉流冰下难……此时无声胜有声。银瓶乍破水浆迸，铁骑突出刀枪鸣。曲终收拨当心画，四弦一声如裂帛。东船西舫悄无言，唯见江心秋月白……”

琵琶女的演奏水平无疑是高超的，白居易对音乐的理解和欣赏水平无疑也是高水准的。

琵琶声里听到了心灵发出的呐喊：如急雨，如刀枪剑戟撞击般的激烈和沉重；如银瓶乍破，如裂帛声响般的痛楚；如花间莺声的宛转，又如水在冰下流动不畅的哀怨和哽咽声……

“同声相应，同气相求。”两个素不相识、身份各异的人，在琵琶声中寻到了知音。读者也在作者营造的氛围里体验世态的悲凉，对作者和琵琶女不同身世，却同一种悲情的苦痛，掬一把辛酸之泪……

面对如此淋漓尽致的激扬文字，我由衷地喊一声“赞”！

2015 年 12 月 29 日

# 登　高

2017 年 11 月 4 日，读刘心武文《心里难过》，同感。

他说："也许刚好经历过一两桩好事快事。却会无端地心里难过。不是愤世嫉俗。不是愧悔羞赧。不是耿耿于怀。不是悲悲戚戚。是一种平静的难过。但那难过深入骨髓。

静静地意识到，自己的生命实体是独一无二的。不但不可能为最亲近最善意的他人所彻底了解，就是自己，又何尝真能把握那最隐秘的底蕴与玄机？……"

辰时，散步良久。我在楼侧高处平台坐定，椰树叶婆娑起舞，山风低吟浅唱，望远处天低树高，似有喃喃细语。信口胡诌几句，不伦不类，不如古人之登高以呼啸来得惬意……

登　高

层峦叠翠，山风依依。看小桥流水，泉涌溢山石。探微缩景观，仙人掌迎春。

登山路平台，望屋宇栉比。天不厌其高兮，地不倦其落尘。天地无由接兮，何堪框中人。

2017 年 11 月

# 糊涂与聪明

其实，人生一世，真正活得明白、活出大智慧的并无几人。岂止大智慧是我等不敢想，小智慧也是难能可贵的。

在亲人眼里，生活常态中的我是连聪明二字也不沾边的，干脆冠以“傻”和“蠢”。我的傻表现在缺乏变通、处事愚和一根筋，我的蠢表现在不善交往、出门不认南北西东。以自己的善良面对千变万化的复杂，深感乏力。

韩寒有句话很有意思：“不一定什么事情都得弄明白，这应该是明白人最应该明白的道理。”

世上的事情都一目了然的话，也就不需要聪明人了。而聪明人也未必明白所有的事情，倒是明白人明白：浅显固然令人安然，繁复却引人遐想。不一定什么事情都要弄明白，就像花园里五彩纷呈的花，才能显出世态的气象万千。这个世界才有意思。

郑板桥以“难得糊涂”为座右铭，众人皆效法之。

有人说，还是糊涂点儿好。我倒觉得，活得糊涂的人，容易烦恼；活得清醒的人，容易幸福。这是因为，糊涂的人看不清，却想看清，生活中便烦恼遍地；而清醒的人，无须左顾右盼，心如明镜，活得逍遥自在，却因此觅得了人生的大滋味。

而“难得糊涂”，则是聪明人在了悟人间世情之后的一种聪明的处世方法。你可以说它是明哲保身的盔甲，也可以说它是一种人生智慧。我不置可否，因为我还没到那一层次，我还在糊涂与清醒的转盘上前行。

## 渴望感动

在社会生活中，我们常为某人或某件事情所感动，这是经常发生的。所谓触景生情、睹物思人，说的就是我们内心的一种感动。它可以给人以类似于撼动、触动、感应、感伤等各种不同的感觉，表达的是人们此时此刻的真实感受。有人说，感动就是对生命之美的关注，就是对灵魂之美的悸动，就是对刹那间永恒的希冀，我认同。

在我的内心深处，自始至终有一种深远绵长的感动。如涓涓细流，春风中它微波荡漾；如阳光，寒冬时它暖人心房；如窖藏的纯酿，经久弥香。那是对生命的敬畏，是对父母亲人的思念。长年的积淀引发的感动，那是深厚的怀念。

“让暴风雨来得更猛烈些吧！”高尔基笔下那只勇敢的海燕，喊出了时代的最强音，令人振聋发聩、热血沸腾！

“吾至爱汝，即此爱汝一念，使吾勇于就死也。吾自遇汝以来，常愿天下有情人都成眷属；然遍地腥云，满街狼犬，称心快意，几家能彀？……”黄花岗七十二烈士之一的林觉民就义前所写的《与妻书》，每当读起，都使我泪流满面！

一首诗，一句话，那种爆发的感动，是心灵的震撼！

我们感动于情深，那是天地崩、江河竭，乃敢与君绝的誓愿。

我们感动于感动，有如琵琶声中司马青衫添泪痕。

我们的感动有时和诗相连，和侠肝义胆相连，和多愁善感相连，和天地相连……

我们感动于渴望感动，因为我们是三十五亿年前那宇宙爆发的一瞬间所承载的爱的微粒。我们爱祖国，爱人民，爱我们赖以生存的这个蔚蓝色的星球，爱那给人以无限遐想的深不可测的宇宙……

世上一切的美好都令人感动。无论是人，还是我们曾以为没有任何思想感情的动物；如果我们留意的话，就能发现动物们表达出的感情更令人感动。

当警犬与战士同仇敌忾向敌人发起猛攻时，当象群向亡者集体默哀时，当鸭妈妈不厌其烦地引导小鸭子跳上一级级台阶时，当山鹰敦促小鹰跃下山崖飞向蓝天时，当候鸟们一个不少地成群结队飞往迁徙地时……那种勇敢、那种爱心、那种群体意识……我们可以说它们是出于生存的本能。可是，从本能中散发出的美好不是更值得称道吗！

是不是我们应该重新认识与我们一界之隔的动物世界？可能动物们比我们更单纯、更天真，能够没有丝毫掩饰地、更直接地表达自己的喜怒哀乐、爱恨情仇。动物的虚伪狡诈是人强加于它们的。这就是所谓的“以小人之心度君子之腹”——不过这里所说的“君子”是我们不曾给以尊严和尊重的动物们。

被世上美好的事物所感动，是人心向善的起始。

我渴望美好，渴望感动。

2017 年 11 月 3 日

## 腊日随想

农历十二月初八，古称腊日，俗称腊八。腊八节的由来已久，是古人在岁末祈求老天爷护佑农业生产获得丰收的盛大典礼，称为腊祭。祭典之后，人们吃着新产的五谷杂粮做成的粥糜，欢庆佳节。

古人不忘天地之恩，更不敢忘祖宗之德；那一日，是先民用庆丰收的盛大仪式表达对祖先的虔诚祭祀和顶礼膜拜。

岁月悠悠。在流淌的历史长河中，人类一步步地从蛮荒进入文明时代，华夏子孙在创造物质文明的同时，也以其聪明才智丰富了人类的精神生活。中华民族素有礼仪之邦的美誉，“腊八”作为这一传统节日的千年传承，由此可见一斑。

推陈出新和继承发扬，向来是一片新叶的正反两面。历史是我们的教科书。祖先留下的农历历法、天文地理，包罗万象，博大精深，就像是印有劳动人民代代相传的经验和智慧的百科全书。约定俗成的各种节日庆典，如除夕、春节、元宵节、清明节、端午节、中秋节、重阳节、腊八节……都以人们喜闻乐见的表现方式和丰富的内涵，映照出中华民族物质文明和精神文明的悠久历史，以及传统文化的光芒。

传统文化的精髓，是我们取之不尽，用之不竭的宝贵财富。

“弱水三千，只取一瓢饮。”面对波浪滔滔的大江大海，一个人终其一生，也难以抵达彼岸；在中华民族几千年的悠久历史文化遗产面前，个人是渺小的。“只取一瓢饮”，那是智者的胜利；作为一无所成者，我则是一口水喝下去都难免会呛水的，这是求实态度。说一滴海水能反射太阳的光辉，这是我们由此及彼、由表及里的理性思辨；我也同时知道，一滴海水反射出的光芒并不足以照亮世界，这只是一种文艺夸张。

面对茫茫宇宙和几千年的繁芜历史大片，望洋兴叹不足取，唯有学习、学习、再学习。作为个人，我只能说，我来世上走了一遭。可是，我离真知还差十万八千光年，我还是糊涂。谦卑、恭敬作为一种学习态度是可取的，而更重要的还是努力提高自己。

人没有大志，可以有小的企望。例如腊八节，就是我们学习和缅怀历史的一个小小的切入点。

2018 年 1 月 24 日（腊月初八）

# 惶惑——消费愚钝

忽然有一种惶惑袭上心头——我失去了自我存在的感知。那不是庄周梦蝶般的“适志”——合乎心意和逍遥自在——却是一种无由的烦恼。

人通过感受外界刺激的眼耳鼻舌身，即人通过视觉、听觉、嗅觉、味觉、触觉来感知外在的世界，体验五花八门的喜怒哀乐和各种心情。我五大感官一样不缺，却似乎失去了那种敏锐。那是一片白茫茫和黑洞洞，视而不见、听而不闻、嗅而不觉……我这才察觉到，不是身体出了毛病，是自己的心境和情绪在作怪。

我一直觉得散文抒发的是一种心境。年少也好，年老也好，表达的都是一种心智的恒定和心态的优雅。按我当前的心境，我做不来这高雅的文章。我也认为欣赏散文的人定是有一颗娴静和虔诚的心。这种心境就像一张宣纸，一旦有浓墨重彩落下，它必将接纳和簇拥而上，将自己和这力透纸背的作品融为一体，成就那一曲人我两忘。

散文的语言美除了遣词造句的讲究，更应该是言之有物、充实饱满的谷穗；“散”是文散，它的文字可信马由缰，充分展示作者的文笔和思想才华，任凭联想的触角伸向四方，但是却不可神散、脱离要表达的主题。华而不实、

形式大于内容、看后不知所云，或是停留在小家碧玉拉家常的自恋形态，都是难入人心的。

写诗更是需要一种既貌合又神合、貌神两合的入定，在人眼睛看不到、步伐跟不上的无路之中杀出一条路来，恣肆洋溢，尽情挥洒自己的所思所感所叹；空旷辽远，有如不食人间烟火。

懂得欣赏是一种涵养的外露。不会欣赏则可能是因为一种喝酒过度的麻木和太多的五味杂陈——于我，就是如此。

中夜写了以上文字，发了以上感慨，恰巧在早晨醒来看到朋友圈转发的一篇文章——《回到生命的原点，才能看到美》，这篇文章是台湾地区美学大师蒋勋写的，他在文中说：美最大的敌人是“忙”，忙其实是心灵死亡，对周遭没有感觉的意思。我们说“忙里偷闲”，“闲”按照繁体字的写法，就是在家门口忽然看到月亮。

我对“忙”字也有一番自己的解释。依照《说文解字》的套路，我将“忙”字拆分为失了心、无心。正版的《说文解字》我手头没有，这是我照葫芦画瓢所做的一解“说文解字”。这种心不在焉、无头苍蝇式的乱“忙”又怎能看到月亮呢?

我“看到月亮”了吗？没有。我的眼前出现的是一团乱麻，扯不断，理还乱。就像路边支起的无照经营的小摊上烟熏火燎的羊肉串，串串油渍麻花，油滴婆娑似诉生活的不易。

“美就是做自己。”我“做自己”了吗？没有。我在比攀他人。我没有他人的高深学问，没有他人的貌美如花，没有他人的年轻和实力……没有，没有……所有的攀比，都将自己置于了光彩炫目的脚下，唯独没有自尊和自己。

我们经常在消费他人的愚钝和可笑，平衡自己的痴呆和不爽，像鲁迅笔下的阿Q一样。这有时也真让我一扫郁闷之气笑哈哈，仿佛下油锅时有三五成群的垫背一样感到庆幸。笑过之后，复又对自己的愚钝和痴呆做捶胸顿足的可笑状。人之为人，常有不可思议和不可理喻之处。一叹……

蒋勋老师告诉我们：“真正建立起他人无可取代的那个东西，这才是最难的。”那是品牌的效应。

美需要“品”，不是人云亦云。品位就是品牌的灵魂。作者不易，当须学富五车，方能成就一篇好文章；编辑不易，耐心爱心热心必不可少；当个读者也不易——常看到一些拼章凑句的乱弹，考验着编辑的敬业心和读者的耐受度。看多了网上的散文，竟有春风里满地落花的感叹。反倒是用黛玉的小花锄能将它们一一收容打点，装入锦囊，堆成花丘，将那姹紫嫣红，付与春光无限；或将其掩埋，在泥土中发酵滋芽，以待来年春风中拔节开花，才是应有的珍重。

无论为人还是做事，何尝不需要一份慎独和从容淡定。

2018年5月

# 五、闲　说

## 说“放下”

有人说：“当你紧握双手，里面什么也没有；当你打开双手，世界就在你手中。懂得放下，才能在有限的生命里活得充实、饱满、旺盛！得之坦然！失之淡然！”

有些事不是放下放不下、握紧手中沙子唯恐从指缝流失的问题——因为你手里什么也没有，更因为它根本就不是你的。

就像风景，它不归属哪个人。

就像泻水置平地，任它东南西北流。

就像乌拉尔传说中的宝石花，寻到它，而不是拥有它，这就是幸福。幸福的体验存在于这个寻觅的过程中。

就像星光闪烁的天宇，我们怀有无限的动力，探究它的奥秘，绝不是想达到占有它的目的。

就像友谊，这是人间美好的关系之一，是需要付出精力、心血、诚意和时间来培植浇灌，不是漫不经心就能唾手而得的；友谊不会因为它是善意的而无所顾忌地存在，它会因为人们的珍惜而发扬光大，也会因为人们见解不同而分道扬镳。

就像盛开的花朵，人们的着眼点不同，各自欣赏的角度也不同。对此美丽发出赞叹的是游客，流出汗水的是园丁。我没有游客的潇洒，只有园丁不计结果的辛勤和虔诚。

当然，不是那样在意，也是一种达观。就像沿途去看风景，并非只有这华山一条道。哪里更引人入胜，哪里更令人心旷神怡，纯属个人的选择。这是充分展现个人意志的天地，不像柴米油盐更普遍更大众、人人需要、人人有份。

这些我们都很明白。只是珍惜，珍惜友情。

珍惜那可望而不可即的实实在在的存在，珍惜那虚无缥缈的仙山瀛洲。

海市蜃楼、万花筒、吹起的肥皂泡，毕竟也是一景，而且也不是谁都有缘能看得到的。

海市蜃楼迷人，只是不要执迷走近；万花筒漂亮，只是不能打碎；肥皂泡五光十色，只是不能吹破。人也一样，凡事不可追根究底，一切都很美好。

记住这句话：取悦别人不如快乐自己。

如果像个傻子，偏在该装傻的地方不会装，这是傻的悲哀——连傻都不会装！

2015 年 5 月 7 日

## 说“孤独”

我们从历史书上得知，最早的人类是群居动物，那是生存的需要。自然环境的险恶、虎豹豺狼的威胁，食物的匮乏和取之不易——所有这些困境，只有通过集体活动，分工合作，男狩猎、女采摘才能获得简单的温饱，族群才能得以繁衍生息。而作为个人则难以对抗如此恶劣的生存环境，容不得他们孤独存在。建立在血缘关系基础上的氏族和部落，秩序的维持主要是依靠习惯和传统力量。

历史的车轮将我们带到二十一世纪。科技发达了，物质生活丰富了，人们的欲望从最初的对温饱的渴望到现在的更高层次的追求。

我们依然是群居动物。往大了说有国家，往小了说每个人还有父母、子女，小孩子有幼儿园，长大了有学校，毕业了要工作，都脱离不了社会，脱离不了人群。即使是当今相当数量的自谋职业的“个体户”，他们所要服务的对象、他们赖以生存的衣食住行的提供者，也都是社会群体中的人。

所以，从形式上看，没有一个脱离于社会生活之外的个人。

可是，当今社会，身心感到孤独的人却不在少数。

什么是孤独？有人说：孤独是别人不理解自己、不懂自己；也是自己不了解自己。

这就如同一个人孤零零地在黑灯瞎火的旷野行走，既分辨不出东南西北，也不知路在何方。茫然无依，心无归属。他即使生活在喧闹的人群当中，也依然有恍如隔世之叹。我想，孤独感更主要的是存在于人的内心。

有时，亲情也有疏漏之处，也不可避免地使个体产生孤独感。一个人的一生，如果能有志同道合的朋友，不计较屋陋人稀，对酒当歌，诵明月之诗，探讨世间万物，穷尽心的飞扬，该有多好。

可是，这样理想的生活状态，是可遇不可求的。

大多数人，朝九晚五，上班忙碌碌，下班急匆匆。工作，家务，孩子，老人……多少需要操心的事情和人，哪还有闲心照顾自己的内心？一天二十四小时，像骆驼一样负重前行；即使身心疲惫，尚有驼峰中储存的水赖以延续生存。周而复始，如此而已。

不过，我们还是有办法排遣内心的孤独的。

在工作中进取，对所从事的工作报以极大热忱和心甘情愿的付出，以及由此所带来的成就感，是人们快乐的源泉，是脱离孤独感的良方。

在家庭中，父母子女和睦相处，一家人其乐融融。家也是摈弃孤独的好处所。

至于有闲时候的社交活动，或出游，或逛公园，或朋友聚会，也是让生活变得丰富多彩的好思路。

可是，有时仍然感到孤独。有时更愿意独处。

我想，孤独是了解了自己，更了解了社会（群体和个人）而做出的主观的理性选择。是一种智者的生存状态。他面对的是自己最真实的一面，不论外界环境如何嘈杂，他都能静下心来生活、思考，做自己喜欢做的事情，自得其乐。

刘禹锡在《陋室铭》中说："山不在高，有仙则名"，"斯是陋室，惟吾德馨"，表现了作者不与世俗同流合污、不羡慕名利的生活态度和高雅的情操。他赞赏自己这种生活方式，对汲汲于物欲和名利地位的人醒脑一问："何陋之有？"这是一种准确认识自我基础上的自信，也是一种藐视俗物的旷达。

我们要对自己有一个准确的定位，学会独处。放松心情，才会有一种心态的安宁。我们也可以底气十足地说："我有清风明月相伴，我怎是孤独的？"

"同声相应，同气相求"，大胆展示自己，会有志同道合的朋友相聚。

当你还不被别人了解之时，就坐在角落唉声叹气"我很孤独"，那么有一半的原因是自己造成的。它不是真实的现实，也不是清醒状态下的优美的"孤独"，而是真正的孤家寡人。要学会沟通，不要把自己包得太严，因为你这样虽然能远离小人，却也会失去朋友。

不要害怕孤独，更不要人为地制造孤独。

无论是聚众场合，还是独处，我们都可以将心灵中最美好的一面展现出来。我们在自己的精神世界里遨游，用我们的爱心接纳自己，也接纳他人。

2015 年 7 月 31 日

## 无语是一种智慧

"水深流缓，语迟人贵。我们花了两年时间学说话，却要花数载时间学会闭嘴。面对一些事情或问题，开口是一种能力，无语是一种智慧。”

这一段话说的是面对一些事情或问题，要学会闭嘴。

我同时又想到另一句名言：知无不言，言无不尽。

过去，我们的前辈听到的最多的是后面一段话。在翻天覆地的社会大变革中，你对发生在身边的事情有什么看法，持什么立场，有什么问题，这都是需要在头脑中一一理清楚，在各种场合说清楚的。这叫知无不言，言无不尽。

我和我的同学们作为生长在新社会的少年儿童，从上小学一年级开始，听到的就是“五星红旗迎风飘扬”的豪迈歌声，看到的是祖国日新月异的变化和蒸蒸日上的新气象。

我们在花季求学期间，同学们比的不是谁穿了条漂亮的花裙子，而是谁的衣服有个补丁。为此，有家境好一些的女同学还特意翻出妈妈的旧解放服穿在身上，那是有四个兜子的泛旧的女式服装。穿上它，那种感觉，虽然旧却很提气。

我们以艰苦朴素为荣，困难时期有时学校的一顿午饭就是一碗菜粥，但大家高高兴兴，吃得也是很香的。因为全国人民都在经历这一时期。

我们以又红又专为标准来要求自己的一言一行。北京景山学校作为教学改革试点校，高一年级的同学是由十几个中学保送来的。班上很多同学是团员，未入团的同学也积极靠拢团组织，常有要求入团的同学向团支部递交思想汇报和入团申请，表达自己想加入团组织的迫切愿望。几个团支部委员虽然只有十六七岁的年纪，却俨然一副小政治家的姿态，手捧新出版的《毛泽东选集》第四卷学习钻研。那时，大家的思想是公开的，也是透明的。

临近高中毕业，正值“九评”发表，那是连续九篇文情并茂的战斗檄文！社会主义祖国如日中天，高高地擎起反对修正主义的大旗，站在了反对“帝修反”的最前哨。在同学们的头脑里，被灌输的是又红又专和以天下为己任。班上一个女同学，为革命激情所鼓舞，为能成为反修战线上的尖兵，放弃对文学的钟情，高考的第一志愿报了北大哲学系。至于是否如愿，已不在她的考虑范围之内了；那是一种“舍得一身剐，敢把皇帝拉下马”的献身精神，也是盛开在革命和激情这个社会大环境之中的一朵不起眼的小花。

我们这拨人，没有亲自参加过历次运动的实践，但是我们在不同的时间地点，也多少经历了类似整风的锻炼。在“文化大革命”的前夜，我在市委党校新闻班的学习过程中，首次经历了集体性的对个人主义名利思想的深刻批判，那是不让个人主义有一丝藏身地方的全面围剿。很多同学或认真或敷衍地检查自己大大小小的个人主义和名利思想，也有个别同学刚刚踏入社会，年轻气盛，认为自己一腔热血献给祖国，哪有什么个人主义。于是，在校领导授意下，他受到了大家热情的启发和委婉的批评。

试想，在这样的大环境下，“开口是一种能力”，“无语”还能作为一种“智慧”存在吗？

物换星移，沧海桑田。现今社会，人们不再吃大锅饭，比起以往，大家有充分的选择生活方式的自由：可以单身而不被视为异类，可以未婚同居甚至生子而不被绳之以法，可以自由选择自己的职业，还可以充分表达自己对一些事情和问题的看法。

当社会宽松到足以让人充分表达个人意愿的时候，自由不再是困在笼子里的小鸟。在大的框架下，这个自由度的使用程度也体现出一个人的生活态度和思想境界，体现出一个人的价值观和生活的智慧。

所以“开口是一种能力，无语是一种智慧”，此言甚是。

2015 年 8 月 15 日

## 论“包装”

你愿意包装自己吗？你喜欢经过包装的人物和一切事物吗？

经过包装的物，精美，吸引人眼球；令人眼前一亮，爱不释手。

经过包装的人，现在已是司空见惯。不仅仅是演员台面上有化装的需要，也是爱美女性保持青春靓丽的手法之一。爱美，是人的天性。男男女女，老老少少，在可能的条件下把自己装扮得秾纤得衷、修短合度、举手投足优雅得体，也是社会和谐进步的表象之一。

不过，包装毕竟只是包装，重要的是它的内涵。

作家张德芬说："所有发生在我们身上的事情都是一个经过仔细包装的礼物。"

朋友交往，对于对方的处世方式不经意间常有不解之处。因为有时相互间的交往也带有一层外包装，这层包装也可以说是一个人的修养、一种处世方法；可能是本人为能取得说话办事的最大效果而包装自己，也可能是性格使然。

不管它是刻意包装还是下意识的包装，如果它让你感到不甚愉悦的话，不要放弃，因为你看到的只是包装而已。带着耐心和勇气，带着理智和对对方的感激，一点点地拆开包装，一点点地回顾，一点点地思索，也许还能惊喜地看到里面珍藏的善意呢。

世上什么事情都有例外。有的人不善于包装，或想不起来要包装自己。也可能是因为习惯，也可能是性格原因。如何面世是每个人的自由。可是，绝不可以此为由放浪形骸，在世上横冲直撞惊扰周围的平和与安宁。

一朵不起眼的小花不适合搞外包装——华美的包装更会让它显得冷寂，简单的包装则拼不过它自身的简约。

它以真面目示众。或热烈，或梗直，或灿烂，或灰暗，一览无余。这或许能让你觉得值得加倍珍惜，那是因为它是一朵不加粉饰的真花。

我愿做那朵没有外在包装、不加任何粉饰的小花。

2015 年 10 月 20 日

## 说“大智若愚”

成语大智若愚与难得糊涂似有异曲同工之妙。《词源》中大智若愚的解释是：才智很高而不露锋芒，表面上看好像愚笨。它出自《老子》中“大智若愚，大巧若拙，大音希声，大象无形……”史上欧阳修曾六次请求退休（“致仕”）以全晚节，最后在观文殿学士、太子少师任上得以急流勇退。苏东坡以“力辞于未及之年，退托以不能而止。大勇若怯，大智如愚”句盛赞他的审时度势，庆贺和慰问他不到退休年龄就告老还乡，得以“保身之全”。

大智若愚指的是一种高级的人生智慧，并不是一种随时随处都可拿来“祭宝”的处世方式。日常生活中我们有时借用了这个词，而忽略了它所表达的思想深度和厚度。

“大智若愚”用老百姓的话就叫装傻充愣。生活中的装傻充愣往往有戏谑的童心在内，往往会被人很快识破；而装者也不介意这种看穿，双方心领神会，并付之一笑。

有些人喜欢出风头，在人际交往、同事相处时往往想占上风、耍小聪明，美其名曰“大智若愚”。而这样刻意显示自己智慧的“装傻充愣”，则没有那么轻松，因为它首先就给自己扣上了“智”的高帽。一旦被人识破，就会不可避免地恼羞成怒，有一些尴尬和失落。曹操用蒋干盗书，却被周瑜使了反间计，就是聪明反被聪明误的例证。

所以大智若愚不是每个人每件事情上都能使用的，它不是生活的常态，更不是一种计谋，而是一个人内在的修养和品德的外化。自以为站在智慧的最高点“大智若愚”的人，人们还是惯常地以为这个人是装腔作势、装傻充愣，更让人们感到可疑的是他对人的友爱和诚意。

生活中当有人虚情假意，用“大智若愚”或说装傻充愣来套取别人的信任，作为恩赐别人一再给予别人的“机会”，埋怨别人将自己“一再给予对方的机会当作愚”而愤愤时，就会失落。觉得对方不再是他能证明自己聪明的佐证；这种“大智若愚”的处世方式，也便不再是能炫耀自己高人一头，克敌制胜的法宝了——因为别人没有他赖以证明自己的“智”，却也未必是他所认为的愚不可及：不会在意也不会主动去迎合他的套路，他也只好自讨无趣了。

其实问题出在自我感觉奇好，出在轻视别人和自以为是。所以，聪明人绝不敢以“大智若愚”自诩，而是谦虚谨慎、实事求是地对待周边的人和事。“志于道，据于德，依于仁，游于艺”，君子之风也。

# 说“老”

## （一）

看到一些说“老”的文章，听到一些说“老”的话题，自己也有些体会。可能与有的朋友的观点尚有不同之处，我愿意在重阳节来临之时也说说这个话题。

老，意味着韶光不再，生活中会有很多困顿和无奈，这是现实。

我老了，对此深有体会。当你看到小孩子蹦蹦跳跳地从你身边跑过时，你想追随其后，却又因腿脚不利索而不得不放弃。这使我很自然地想起杜甫的《茅屋为秋风所破歌》中的一段：“南村群童欺我老无力，忍能对面为盗贼。公然抱茅入竹去，唇焦口燥呼不得，归来倚杖自叹息。”说的就是这种无奈。

当年轻人为了娱乐和开阔眼界，呼朋唤友组团到国内外各地旅游时，即使邀请你同游，你还要掂量掂量是否受得了这鞍马劳顿的奔波之苦和累。再没有勇气像穆桂英一样用“想当年”来激励自己。

真想各处看一看的话，或是报名参加“夕阳红”老年旅游团，或是踏踏实实地到一个山清水秀的地方住上三五日，优哉游哉地休养一番。这些也都是不错的选择。

当我们再老一些，走不动了，我们会一点点地缩小活动半径，做一些力所能及的事情。

曾经流传一个德高望重的老人自编的健康生活指南，因人制宜，很有参考价值。

“七十不出国”，我七十岁前没有出过国，根据身体状况，可能的话，我还打算有机会找补上呢。

“八十不出城”，我想，现在条件好了，多少八十多岁的老人还从东北、西北、东南、西南全国各地来到美丽的海南，愉快地享受这碧海蓝天呢！他们还能出门，活得很潇洒！

“九十不出门”，我的姨妈今年九十八岁，天气好时，还在儿孙的搀扶下下楼散步。她积极乐观，耳不聋，眼不花，每天听新闻、看《百家讲坛》，和儿孙们下象棋以争输赢。

我们身边的普通人和普通事，构成了和谐社会的世相图。老年人的形象在他们这里发扬光大。他们是我们心目中的英雄，是我们学习的榜样。

当我们口不能言、手不能动、腿不能走、脑不能想的时候，我想，那是人的大限到了。享受一下安乐死的滋味也勇气可嘉。

上面说的是身体的每况愈下。有这份清醒的自我认知，我想，不该像怕玩过山车那样惧怕衰老。

## （二）

老，是人的整个生命过程中的最后一个阶段，也是人生中最长并且重要性不亚于其他生命阶段的一个时期。说它长，是因为人的寿命延长了；如何过好这后几十年，是或早或晚摆在每个人面前的重大课题。不管在哪个阶段，怕老、等老的心态都是不可取的。

更何况，除了身体状况、物化生活，人还有区别于其他生命的高贵的精神生活。谁敢说，老是无用等死的代名词？有多少寿高九旬的老人，生命不息，贡献不止，在他们生命的最后阶段，做出了年轻人不可企及的业绩。百岁老人杨绛先生是大家熟悉的；九十五岁的冯友兰先生双目几近失明，却在他生命的最后几个月，完成了《中国哲学史新编》。他把生死置之度外，努力实现自己的宏愿，这需要多么专注的治学精神，多么顽强的生命力！

人活着是要有一点精神的。在这种强大的精神力量面前，“不觉忽已老”，又有什么可怕的呢?!

（三）

七十岁，傻傻的我忽然知道自己老了。知道在别人眼里自己是什么样子了！

很能理解。

小学一年级时，我眼中四五年级的哥哥姐姐们都很大，我需要抬起头来看他们；他们也像大人一样喜欢看我冬季穿得圆滚滚的，提一提我头上戴的尖绒帽，叫一声“小窝头儿”。

高中时，我们还叫雷锋为叔叔，又在某一天忽然发现他比我也大不了几岁。

二十多岁时，心里将三四十岁的人叫老太太。

可是，当我四十多岁近五十岁的时候，九姐钟璞的一句“我要像你这年纪多好呀!”如醍醐灌顶，我知道了，每个人的眼光不同，心目中“老”的概念就不同。从那以后，我绝不说自己“老”了，因为还有比我老的人；我也不敢以“老”来纵容自己。

老的是年轮，从这个角度，我们确实老了。可是，我的多个八九十岁的堂兄堂姐辈分的都还在自己熟悉的领域不懈耕耘，他们有的是作家，有的是画家；我的几个九十五岁的长辈当年没有闲下来，他们在续写自己生命的最后篇章；我的年近百岁的姨妈还常常兴致勃勃地与我谈古论今，笑说自己要活过一百岁！当我看到九十多岁的老人不顾体弱和几近失明，坚持为自己的著作优美地画上句号，当我看到百岁老人面对生命阳光一样灿烂的笑容，我们还敢说自己老吗？“高山仰止，景行行止”，虽不能至，然心向往之。在他们面前，我是个小字辈；在他们热爱生命的精神感召下，我能觍颜称老而无所作为地等老、等死吗？

我知道，生老病死是大自然的规律。身心健康，是最佳的生活状态。老而弥坚，将生死置之度外，也是为了更好地活着。所以我说，不管别人的眼光，不介意自己头上的白发，有前辈指路，即使到了他们的年纪，我也要对自己说：“你没有资格说‘老’!”

2016 年 2 月 5 日

**后记：**

时隔多年，再看自己写的这篇文章，不免想到：谈老容易践行难。老之将至，优雅地老去还是需要不断修炼的。(2019 年 7 月)

## 漫谈带“病”生存——兼议生活的智慧

大千世界，消息传播很快，常听到周围熟悉的人或不熟悉的人相继去世的消息，心中不免戚戚然。尤其是一些患所谓不治之症的病人，明知医治无效，但出于亲人的爱心和个人渴望生存的本能，家人不惜花大把钱财让病人忍受医疗当中非人的痛苦折磨，一天天地拖延时光耗精气神，最终却也躲不开一个死字了事。这其中除了医生满足家属心愿的“人道”救治，更有被骗子骗得人财两空的悲剧。每念及此，岂不痛哉！

世间一切生物有生就有死，人也概莫能外，这是不可回避的客观现实。庄子妻死，他鼓盆而歌，那是一般人所不能企及的一种对生死的达观之态。他说，妻死，我岂能不悲伤。可是，人的生死，如气聚气散；就像春夏秋冬四季的变化运行不止：“人且偃然寝于巨室（指天地之间），而我嗷嗷然随而哭之，自以为不通乎命，故止也。”

死是每个人的归宿，真的不必太在意。倒是如何活得更好，应是人们不断思索的话题。

“带病生存”，这是近年来渐入人心的提法。“带病生存”，这是大医生的智慧，也是我曾以小病经过自残式的庸医治疗后痛彻心扉的感受。那种上当受骗，那种身心的痛楚，简直就是一种生不如死的感觉。

举例来说，极而言之，癌症并不可怕，不至于马上要人的命；心中“长”癌却是死路一条。

医学中，谁也不敢说自己的体内没有癌细胞。若视其为不共戴天的仇敌、必欲杀之灭之而后快，依我看来，这是一种简单的直线思维：针锋相对之战，有些时候只能是你死它活——因为这种急于求成反映出的是你毕其功于一役的侥幸和心理的脆弱，而对手是有足够的耐心和持久对峙的韧性来与你较量的。谁先息了这口气，谁就是死亡。所以，在知晓病情的前提下，积极而又不盲目治疗，带病生存，打持久战，是最好的与癌抗衡的方法之一。

我不由得想到，在社会生活中，夫妻也好，父母子女也罢，同事亲友之间，各种人际关系中的人与人相处，道理也是如此。没有最好的模式，只有最好的方式——那就是磨合。夫妻离婚是磨合的失败，朋友断交是友谊的不堪一击，道理都是相似的。如若没有致命因素，只能是因为少了理解的耐性和与其磨合的心境。

懂得这个道理，生活中与人相处就不会苛求十全十美——那种理想境界是不存在的。接受现实的不完美，就能成就人与人相处的完美结局。

这也是与人相处的理性思考和不断学习得来的生活智慧。因为人非圣贤，孰能无过？既然能够接纳不完美的自己，又怎能要求别人十全十美呢？何况，千人千面，“一千个人心中，就有一千个哈姆雷特”，你怎能认定自己的识人标准是唯一的而且还是正确的呢？俗语说：百花齐放才是春，说的就是这个道理。

朱光潜先生在一篇文章中说：我有时看到人生的喜剧，也看人生的悲剧，悲剧尤其能使我惊心动魄。许多人因为人生的悲剧而悲观厌世，我却以为人生有价值，正是因为有悲剧。……人生最可乐的就是活动所生的感觉，就是奋斗成功而得的快慰。世界既完美，我们如何能尝创造的快慰？这个世界之所以美满，就在于有缺陷，就在于有希望的机会，有想象的天地。

君子之交和而不同。不同的声响在蒙者心中是一片杂乱无章的噪声；在知音那里就能从中听到美妙的音乐。让我们不断开阔自己的视野，扬起生活的风帆，将生活过得更加幸福、美好！

2016 年 5 月

## 谈“幽默”二字

从百度得知，幽默一词是英文单词 Humour 的音译，为林语堂先生首创。1932 年林语堂创办《论语》杂志，这是中国第一个提倡幽默的半月刊。林语堂多次论述了能创造出幽默的必要条件，一是要拥有智慧，“人之智慧已启，对付各种问题之外，尚有余力，从容出之，遂有幽默。”二是要有平等和博爱的观念。他说：“幽默之所以异于滑稽者，在于同情于所谑之对象。”林语堂提倡的中国幽默，与国外专以取笑他人为乐的滑稽和国内粗俗的相声里出现的互谑是完全不同的两个概念。从幽默里流淌的是满满的爱意和智慧的光芒。

幽默是生活的调味剂。一个人不要整天板着脸，这样会很累的。当然，这也可能是我的错觉。板着脸是常情，整天乐呵呵却是一副傻样儿。人们不禁要问：哪有那么多可乐的?

生活也好，看书也罢，游目骋怀、赏心悦目，发自内心的喜悦和欢乐虽不需要像烽火戏诸侯那样玩才能有难得一笑，却也是很难得的。

史上有屈原满怀激情的“呵壁问天”，也不缺怒发冲冠、壮怀激烈的英雄；有叹“小楼昨夜又东风”的词人，也有“对影成三人”的寂寞诗人。总之，他们没有心思乐。

有“一箪食、一瓢饮，在陋巷，人不堪其忧”却又能不改其乐的颜回，也算是凤毛麟角。

倒是齐国孟尝君的门客冯谖高唱“长铗归来乎!”幽了主子一大默。不过，他也纯属为自己的待遇不好而呼——由此呼来了不曾吃到的鱼和不曾坐过的车。事情本身没有一点幽默味道。

笑不容易，幽默更为难得。因为我们一直以来就缺少这根弦。因为我们中国人历史的、现实的、社会的、家庭的、经济的、文化的、精神的、物质的——身心负担太重。

世界是复杂的，能将世事大致看清楚不做糊涂人，大事小事能理顺这一团麻，不纠结于困惑中就不简单。这需要学识，更需要智慧、见识和胆识；若能超脱界外简直就是活神仙了。

快乐源于心情，幽默源于轻松。幽默能化解沉重，使事情举重若轻。

没有经过大脑认真思索的话就是无足轻重的话。我经常随想随说不经大脑就说些无足轻重的话。夫君对我爱恨交织，常戏称我是猪脑子，不操心，不想生活中当今之事，只是神游。

现在想来，在潜意识里这也是一种拙劣的自我保护吧。谁都知道柴米油盐、家长里短之事是最费脑子的，而我的脑子是不够用的。有时遇到不大不小的家务琐事，随口幽一默，将它转化成和风细雨。然而这个功夫有时成功，有时无果，是属于和冯谖同一级别的“长铗归来乎”。可是，他终归说动了孟尝君，有了鱼吃，也有了车坐。而我，则时不时地招来苦口婆心、语重心长的一通“痛说”，直让我点头称是，立志重新做人。可是，“改也难”。我很惭愧。

所以，不是打个哈哈就是幽默。我们距离构成幽默的生活环境、恬淡心态以至适宜于幽默语境的高雅谈吐还差不止一个重量级。

正如余光中先生所说："幽默并不等于尖刻，因为幽默针对的不是荒谬的人，而是荒谬本身。高度的幽默往往源自高度的严肃，不能和杀气、怨气混为一谈。"

幽默，可以说是一个敏锐的心灵，在精力充沛、意趣盎然的工作学习和生活中，对事对物所自然流露出的智慧和美妙的语言。

借题反思，我们的差距又在哪里呢？

2016 年 4 月 8 日

## 由麻辣香锅的"麻"和"辣"想到的

人生在世，起床首先想到的就是柴米油盐酱醋茶，这是老百姓居家过日子的基础。随着社会的发展，经济的繁荣，人们在吃上也越发的讲究，除了对营养的关注以外，更希望能吃到色香味俱佳的安全食品。

我喜欢江浙菜的清香软糯，犹如春风扑面；我喜欢川菜的麻辣韵味，如赤日炎炎；我喜欢早年间京菜的早点小吃，做工精细味美价廉。价格当然是以当年的低工资低消费为基准的：五分钱一个的香喷喷的小芝麻酱烧饼，用苇叶穿起来的二分钱一个的脆生生的焦圈，放有虾皮、紫菜、冬菜的馄饨，放有蘑菇、黄花、木耳、鸡蛋、肉末的豆腐脑……还有味道怪怪的豆汁——那可是老北京人的最爱！可惜的是，我至今还没有这个口福。

现在满大街的小吃，可有一样是原汁原味作料齐全的？——想到这里，不禁发九斤老太之叹。真是不说也罢，欲说还休。

前不久，在网上看到一则麻辣香锅的广告语：麻和辣，是两种让很多人欲罢不能的味道。选择吃麻和吃辣只是一念之间的冲动，而且这种念头是没来由的……虽然知道吃了它会上火或是肠胃不舒服，可还是会突然一想念，就深深陷了进去。麻到舌尖已经感受不到任何一种别的味道，辣到嘴里发出嘶嘶的声音，胃里似一团火般燃烧。然后嘴里只会吐出两个字——好爽！

我看到某君的这段文字，一锅冒着热气、香辣扑鼻、噼啪作响的美食如在眼前，令人垂涎欲滴，拍案叫绝！

文学的挑战性，也如这麻辣香锅一般，让人垂涎欲滴，让人喜欢，让人欲罢不能。

可是，走进文学的天地，徜徉在艺术的殿堂，又有谁的文字能让人出一身透汗，痛快淋漓，如浴火中的凤凰涅槃？有谁的世界能不逾矩而随心所欲？又有谁能超脱物外，羽化而登仙？苏轼，旷达；李白，诗仙。现实生活中，他们又有几分快意呢？正是这几分不快，成全了他们的思考，张扬了他们的个性，让人们看到了集天地精华于一身，有血有肉、神采飞扬的大家风范。

而我辈如跳不出小资情调，沉醉于虚无缥缈的幻境，风花雪月鼻涕眼泪一通儿招呼，倒不如捧着热气腾腾的麻辣香锅，扯开腮帮子大快朵颐。它能祛湿、祛寒，去掉心中的块垒，还你一个热血沸腾的铮铮男儿（女儿）身！

吃一份麻辣香锅，有如景阳冈的武松：来二斤牛肉十八碗老酒！

如鲁提辖拳打镇关西，疾恶如仇，除暴安良，将那厮打得如开了油酱铺！

如项羽的力拔山兮气盖世！

——痛快，壮哉，爽快！

那是"明知山有虎，偏向虎山行"的勇敢大无畏精神；那是路见不平，拔刀相助的侠肝义胆；那是英雄末路含着泪的微笑——不以成败论英雄，就像楚霸王项羽，虽败犹荣。

人生在世，活的是份精气神。生活着，容易；活生生地活着，活得风生水起、有声有色、快快乐乐，不容易。"而今迈步从头越"。作为芸芸众生中的一员，我对自己的要求就是活到老，学到老。我希望对得起天地精华赋予我的几十年的寿命，活得无愧于他人，更对得起自己，从容地走完自己的人生之路。那时，我会坦然地对自己说："我虽一事无成，可是，我努力了，我没有白来世上走一遭！"

## 美哉，狐狸精！

——浅谈《聊斋志异》中的女性形象塑造和它的语言艺术

在我国文学发展的历史长河中，文言短篇小说像其他文学样式一样，占有它的一席独特地位。从中国小说初期的六朝志怪，到唐宋传奇，明清的章回体小说，其间虽有曲折起伏，但整个趋势是日臻成熟、逐渐走向繁荣的。清初蒲松龄所作的《聊斋志异》集我国文言小说之大成，达到了我国古代文言短篇小说艺术上的顶峰；同时，它也是整个古典文言短篇小说的最后一个高峰。

《聊斋志异》是一部文言小说集，全书有四百多个短篇。像欧洲文艺复兴时期薄伽丘的《十日谈》一样，《聊斋志异》以讲故事见长。在绝大部分篇章中，作者以狐仙鬼魅或花妖为题材，借用非人间的形式来反映人间的现实生活。借以揭露黑暗、针砭时弊，讽喻世态炎凉，歌颂光明和理想，寄托了蒲松龄这位封建社会的民主作家、人道主义者对于真善美的追求。

看过了《聊斋志异》，就不爱看白话文本的《聊斋》，也不爱看改编的电视剧《聊斋》。为什么？因为在原文中比比皆是的凝练含蓄、简洁优美、准确生动、微妙传神的语言，都被一风吹去，只剩下了一个苍白的故事框架，装进了俗之又俗的鬼魅狐妖。

人称长袖善舞、聪明绝顶的女子为狐狸精。在作者笔下，一个个性格各异的狐仙鬼魅幻化的女子形象呼之欲出，女鬼也都成了“巧笑倩兮，美目盼兮”，善解人意、不输狐仙的狐狸精！

狐狸成精是狐狸精，女鬼也都是狐狸精！都是那样聪明善良、那样招人喜爱！

### （一）温柔妩媚、深情善良的聂小倩（《聂小倩》）

聂小倩十八岁时不幸亡故，成了女鬼。她“辄被妖物威胁，历役贱务；觍颜向人，实非所乐。”小倩看重宁采臣“性慷爽，廉隅（喻品行端正）自重。”“郎君义气干云，必能拔生救苦。”她嘱宁采臣在奇人燕生处借宿避害，宁采臣亲眼得见妖物受伤逃离，又按小倩所示将其遗骸葬于白杨之上、自己的斋所近旁，聂小倩得以与宁采臣同返斋中。

作者在塑造聂小倩这个人物形象时，着墨不多，其语言达到了将人物音容笑貌、形体动作纤毫毕露地呈现在读者的眼前、令人过目难忘的地步。作者以生动的语言来叙述这一故事：聂小倩随宁采臣回家，因其是鬼物而为宁采臣老母所惧，夜无归宿。小倩“异域孤魂，殊怯荒墓”，路过宁采臣书斋“就烛下坐，移时，殊不一语”。向宁采臣求读经卷，以打发漫漫长夜。文中接着写道：“又坐，默然，二更向尽，不言去。宁促之。……女起，容颦蹙（pín cù，皱眉）而欲啼，足劻勷（kuāng ráng，急迫不安）而懒步，从容出门，涉阶而没。”文字简洁，凝练含蓄。聂小倩的孤寂景况及对宁采臣的眷眷深情，均浮雕般地凸现了出来。一个善良、温柔而又含蓄多情的女子的美好形象跃然纸上，可谓言有尽而意无穷。

小倩与宁母同屋共处年余，入厨代母操劳家务，侍奉宁母尽心尽力。宁妻病故，小倩以自己的诚信赢得宁母钟爱，做了宁采臣的枕边人。当妖物再次来寻仇，他们二人齐心合力用奇人所赠革囊将妖物杀死，过上了幸福的生活。

聂小倩，这个善良、温柔、贤淑的年轻女子，识人有方，有勇有谋；为争取自身的幸福勇敢地和妖物斗争，将爱无私地奉献给宁采臣和他的家人。这样一个“上得厅堂，下得厨房”的天生尤物，不是每一个男生心中的最爱吗！

## （二）聪慧、俊俏的巧娘

《聊斋志异》不满足于写出女性形象的某些共同特点，而是着重对人物不同个性的细致刻画。聂小倩的性格特点是温柔妩媚，而巧娘则是聪慧俊俏。这种性格上的些微差异，都能通过小说的字里行间明白无误地传达给读者，这使我们不能不由衷地赞叹作者驾驭语言的功力。

《巧娘》篇写女鬼巧娘和傅生与狐仙华氏母女“团坐置饮”。席间巧娘和傅生由相互嬉笑而勾起无限伤心，傅生以“跛者不忘履，盲者不忘视”来回答巧娘的戏问：“寺人亦动心佳丽否？”乐中寓悲，欲笑不能。文中用“相与粲然”四字，便将有情人而不能成眷属的遗憾披露无余。

巧娘是聪慧伶俐的，通过与华氏的机敏抗争，揭穿华姑设计摈弃巧娘、欲将傅生许给自己女儿的私心。巧娘“以子之矛陷子之盾”：“阿姥亦大笑人！是丈夫而巾帼者，何能为？”无奈，华姑又生一计，约傅生李氏废园迎娶新人，并且在迎娶之际，告诉傅生：“（巧娘）三日前忽殂谢去。”生“恻恻欲涕”。原来华氏母女迁居之事并未告诉巧娘，致使巧娘母子埋忧地下，年余才得相见。小说写道：

“俄见女郎绷婴儿，自穴中出，举首酸嘶，怨望无已。”

少许的笔墨，收到了出神入化的效果，使才色无匹、自叹命蹇的女子形象呼之欲出。有心的画家一定能以此十九个字，画出一幅有声有色的动人画面：它既富于空间的立体感，又有时间上的流逝感，把巧娘的神情举止，活灵活现地展现在我们面前。

从巧娘口中，我们知道狐仙华氏母女当年游荡无定所，是巧娘将其安顿在自己居所，“三娘从学刺绣，妾曾不少秘惜。”华姑却“乃妒忌如此！”幸亏三娘有良知，告以实情，巧娘得以重见天日。

巧娘忍辱负重，与华姑据理力争，争取自己的权益；先是“屈意事三娘”，后是“埋忧地下”，哺育婴儿三月有余。这种坚忍不拔、能屈能伸，凭自己的信念在逆境中求生存的能力是顽强的生命力的体现。这样的女子，又有谁不愿意将她捧在手心视为自己的一个宝呢！

### （三）端丽贤惠的青凤

天界七仙女羡慕人间，下凡来与董永男耕女织；深山白蛇修炼成仙，与许仙死死生生。百年千年成精的狐狸，也要到人世一游，体验一把人情冷暖，方能不枉一生。人间有什么好？我想，恐怕最美的就是情，人间的真情。千百年的修炼，不仅让狐狸褪去了皮囊，成了狐狸精，更让它们脱胎换骨的是要将兽行变成人的品性、德行。它们效仿人类，组成家庭；它们也像人类一样，遵循着各自认同的道德规范，过自己想过的生活。

以《青风》篇为例：耿氏从子去病生性豪爽、狂放不羁，在耿氏废园遇狐狸精胡姓一家。胡氏是涂山氏之后，亦有识之士，“一叟儒冠南面坐”。耿生与他谈其先祖涂山氏之女辅佐大禹之功，胡氏闻所未闻，相谈甚欢。遂让公子孝儿唤阿母和姐姐青凤过来，“亦令知我祖德也。”青凤很漂亮，“弱态生娇，秋波流慧，人间无其丽也。”耿生“瞻顾女郎，停睇不转”，看得眼睛发直，神采飞扬，不能自已。借着酒劲拍案而起：“得妇如此，南面王不易也！”真真一个狂生豪客！狂生耿去病为博狐女青凤一笑，遭青凤之叔的申斥。胡氏化厉鬼欲吓走耿生，却不为耿生所动。无奈之下，胡氏只好举家迁往他处。

后来青凤以狐形野游遇险，因祸得福，归于耿生。不久青凤叔家罹难，求于耿生。生记恨于“楼下之羞”，“执卷高吟，殊不顾瞻”。其后，青凤与耿生有一段对话：

> 女失色曰：“果救之否？”（耿生）曰：“救则救之；适不之诺者，亦聊以报前横耳。”女乃喜曰：“妾少孤，依叔成立。昔虽获罪，乃家范应尔。”生曰：“诚然，但使人不能无介介耳。卿果死，定不相援。”女笑曰：“忍哉！”

（看到这里，仿佛看到梅兰芳先生在京剧《断桥》一折里扮演白娘子，气恨中手点许仙额头，却又唯恐他跌倒在地的又恨又爱的寸寸柔肠。）

青风先是“失色”，深为叔叔的命运担忧。接着，知道耿生不慨然允诺的原因，乃是报复前隙，于是又一喜，委婉地道出叔叔对自己有养育之恩，不失时机、且又恰如其分地替叔叔开脱；动之以情、晓之以理，坚定其救叔意念。当耿生说：“卿果死，定不相援”时，青风又是一“笑”，这是舒心的一笑，她庆幸自己没有“野死荒郊”，深喜阿叔的性命得救，自己得以报叔叔的哺育之恩；这又是幸福的一笑，她从耿生的“冷语”中体会到了他对自己的痴情厚意并为之感动，娇嗔地笑骂一声“忍哉！”简短的对话，既表现了小夫妻的恩爱缱绻，又反映出各自复杂的心理活动和感情的起伏变化，思想脉络明晰可察，人物形象鲜明生动，从而使青风这一端丽贤惠、诚挚可爱的女性形象令人久久不能忘怀。在青风的周旋下，耿生与胡氏“由此如家人父子，无复猜忌矣。”

深明大义，知恩图报。有女若此，幸甚幸甚！

### （四）痴情的李女

《莲香》篇中，莲香是个狐狸精，李女是个女鬼。莲香自称是西家妓女，李氏自称是良家少女。二人分别都寄情于桑生。演绎了一场鬼、狐与人的生死恋。莲香是倾国之姝，李氏风流秀曼。莲香识得李氏“是真鬼物，昵其美而不速绝，冥路近矣！”力劝桑生与李女断绝。李女则辩白：我爱你得很，所以才有人说我是鬼。必是那个妖狐在造谣迷惑你！桑生听信李女所言，日日在一起。百日后，卧床不起。莲香问她："佳丽如此，乃以爱结仇耶?"李氏说："与郎偕好，妾之愿也；致郎于死，良非素心。"话虽如此，桑生却是命在旦夕，李氏追悔莫及，说道："如有医国手，使妾得无负郎君，便当埋首地下，敢复觍然于人世耶!"李氏自此遂绝。别后魂无所依，偶至张家，借少女燕儿之身还魂，醒后即去寻桑生。而她的形貌已是燕儿模样，揽镜自照，容貌不若往昔。这时，李女对着镜子大哭："当日形貌，颇堪自信，每见莲姊，犹增惭怍。今反若此，人也不如其鬼也!"于是又数日不食，如又死了一回，直待"眉目颐颊，宛肖生平，益喜。"——李女先是不乐为鬼，生还后又不乐为人。这种矛盾的心理，则是一个"与郎偕好，妾之愿也"这一痴心所致，达到了生死两忘的境界。人物语言用了对比和反衬的手法，简洁而又曲折多变，将李女柔肠寸断、悲愤欲绝的心理表达得淋漓尽致，读后催人泪下。而狐女莲香也在"子乐生，我乐死。如有缘，十年后可复得见"的期望中离开人世，十年后才得以转世，与桑生"共话前生，悲喜交至。"

乐生、乐死；不乐生、不乐死。——生生死死，唯情为念。我们不赞成恋爱至上，但是在物欲横流、金钱至上的今天，这种对爱情专一的精神不是很值得欣赏吗?

### （五）天真活泼憨跳的小谢

《聊斋志异》女性形象的成功塑造，还得力于叙述语言中动词的恰到好处的运用。阿·托尔斯泰说："运动和运动的表现——动词——这就是语言的基础。”小说从传统上来看，就是用语言来创造形象、典型和性格。蒲松龄笔下的几十个成功的女性形象，即便同是妙龄女郎，却不仅容貌不一，更兼性格各异；不仅写出了作为自然人（或物、或鬼、或虫、或狐）的自然形态，由此描摹其静态的美，更主要的，对形象作细节上的描绘，写出人物动态的美、性格的美，亦即本质的美。

小谢和秋容都是女鬼。《小谢》篇中，用“相视而笑”“掩口匿笑”“鹤行鹭伏”“骇奔而散”“飘窜而去”“远立以哂”“争为奔走”“掷笔睨笑”等形容词和动词、动词和动词连用的形式所构成的联合词组、连动词组，生动地活画出小谢、秋容的音容笑貌。文笔简洁明快、和谐熨帖，毫无拖沓之嫌。以“骇奔而散”四字为例，就出现三个连贯的表情、动作。使语言呈流线型、赋人物形象以勃勃生气，将小谢、秋容二人性格中不同于“别一个”的共同之处（二人尚有不同之处，不在此论述）：活泼、憨跳、争媚于陶生的举止神态淋漓尽致地活画了出来。

其他短篇中有“掺手搴帘，凝睇不转”（《阿宝》篇）、“羞晕满颊，默然拈带”（《封三娘》篇）、“频来行酒，嫣然含笑”（《花姑子》篇），等等，人物神态均刻画得入木三分。

### （六）快人快语、有胆有识，洋洋洒洒、大胆泼辣的一群狐精

《青梅》篇，狐女青梅慕张生纯孝且笃于学，“徒以君

贤，故愿自托。”真是快人快语，有胆有识，表现了处于奴婢地位的青梅爽快而果断的性格。

《封三娘》篇，狐女三娘为范十一娘择偶，谆谆教诲十一娘：“如欲得佳偶，请无以贫富论。”“志若坚，生死何可夺也。”这些话是三娘对女友的忠告和勉励，也是她在婚姻问题上的见解高于十一娘之处。语言干净利索、推心置腹，充分体现出封三娘是范十一娘的密友这一特殊身份，以及她的品高识卓及沉稳、干练的性格特征。

《鸦头》篇，狐女鸦头面对冷酷的现实，大声疾呼：“从一者得何罪?”既是明志之言，又是对床头金尽，遂投以白眼者如妮子之流的斥责，表现了她出淤泥而不染、坚贞不屈、对爱情忠贞不贰的高贵品质。

《云翠仙》则是一篇骂绝的文字。篇法、段落、洋洋洒洒，疏落有致。云翠仙对浪荡无行的负心汉梁有才的几段斥骂可谓痛快至极。先是，翠仙不愿做其妇：“渠寡福，又荡无行，轻薄之心，还易翻覆。儿不能为遢伎儿作妇。”后迫于母命嫁之。不久，又被梁有才卖为妓。翠仙用计将其赚至母家，指着梁有才骂他是“豺鼠子”，骂他忘恩负义，骂他放荡无品行。继而翠仙又盛气曰：“鬻妻子已大恶，犹未便是剧；何忍以同衾人赚作娼!”大义凛然，盛气怒骂而不失其态；言辞犀利，一字一泪，字字重如千钧，为封建制度下受屈辱的女子一伸含冤之气！在义正词严的骂声中，一个美丽端方、擅于言辞、不甘受迫害、勇于向恶势力抗争的机智、泼辣、大胆的女性形象，傲然挺立在我们面前。

《聊斋志异》中表现女性特有的细腻感情的文辞妙品举不胜举、数不胜数。如《西湖主》篇，陈生因风暴覆舟而迷途，误入公主花园，又冒昧地在公主丢失的红巾上题诗，罪当诛。而公主不罚又不遣之去。王妃知情后为感激陈生以前的救命之恩，将公主许配于他。陈生与公主在洞房花烛之夜，有接下来的对话。（生）又问："既不见诛，何迟迟不赐纵脱？"笑曰："实怜君才，但不得自主。颠倒终夜，他人不及知也。"

何其情致缠绵！

《莲香》篇，写李女敛衽曰："如有医国手，使妾得无负郎君，便当埋首地下，敢复觍然于人世耶！"

何其情真！

《罗刹海市》篇，龙女曰："人生聚散，百年犹旦暮耳，何用作儿女哀泣？此后妾为君贞，君为妾义，两地同心，即伉俪也。何必旦夕相守，乃谓之偕老乎？"

何其豁达！

《阿宝》篇，"儿既诺之，处蓬茅而甘藜藿，不怨也。"

何其决绝！

《神女》篇，"受人求者常骄人，求人者常畏人。中夜奔波，生平何解此苦，只以畏人故耳，亦复何言！"

何其委婉顿挫！

作者正是通过在特定环境中人物的个性化的语言，细腻传神、摄人心魄地表达出她们的追求，她们的喜怒哀乐，从而塑造出在封建社会为追求爱情和婚姻的幸福而勇于抗争、具有民主主义思想的女性形象。她们哀则怨（如《阿端》），怒则骂（如《云翠仙》），爱得深（如《香玉》），恨得切（如《庚娘》），一反所谓“怨而不怒，温柔敦厚”的封建正统思想。她们的所言所行，是射向封建主义毒痈的一支支利箭，无疑得使作品的思想性达到相应的高度。

《聊斋志异》中的女性聪慧、思维敏捷，多有诙谐语言。使人读其言如见其人，增添了作品的生活气息。

《狐梦》中，写了狐氏三姐妹，大娘、二娘与新婚夫妇三娘和毕生的调笑、戏谑。二娘曰：“记儿时与妹相扑为戏，妹畏人数胁骨，遥呵手指，即笑不可耐。便怒我，谓我当嫁僬侥国小王子。我谓婢子他日嫁多髭郎，刺破小吻，今果然矣。”大娘笑曰：“无怪三娘子怒诅也！新郎在侧，直尔憨跳！”接着，众人又以巨钵向毕生劝酒，三娘以小莲杯易之，且曰：“勿为奸人所算。”这时，二娘曰：“何预汝事！三日郎君，便如许亲爱耶！”谈笑风生，写出了姐妹间的亲昵和三娘夫妇的恩爱。

《翩翩》中，罗子浮与仙女翩翩结为夫妇，女友花城娘子探视其家，罗子浮喜好花城绰有余妍，忧然神夺，顿生不轨之念。文中写道：此时（罗）“自顾所服，悉成秋叶，几骇绝。危坐移时，渐变如故。……由是惭颜息虑，不敢妄想。”而花城娘子只是“他顾而笑，若不知者，……坦然笑谑，殊不觉知。”此后，又有一段对话。

花城笑曰：“而家小郎子，大不端好！若弗是醋葫芦娘子，恐跳迹入云霄去。”女亦哂曰：“薄幸儿，便值得寒冻杀！”相与鼓掌。花城离席曰：“小婢醒，恐啼肠断矣。”女亦起曰：“贪引他家男儿，不忆得小江城啼绝矣。花城既去，（罗）惧贻诮责，女卒晤对如平时。”

听到花城、翩翩二人俏皮的对话，又似乎看到罗子浮在心猿意马突突怔忡间，所穿衣服化为树叶而几欲骇绝的惊恐神态。此情此景，不禁令人哑然失笑——仙人之惩罚可谓惨矣！这是对世间薄情郎轻薄之态的无情奚落和绝妙的讽刺，使此等人知道世间尚有“羞耻”二字。而翩翩、花城的洒脱、大度、诙谐、友善也在言谈话语中惟妙惟肖地表露出来。

对话中口语和戏谑语的恰到好处的运用，既写活了人物，又增添了小说的情趣。

《聊斋志异》中众多女性的语言，无论是闺阁的戏谑语，还是反映其复杂心理状态的简短语，抑或是表达对世俗事物、婚姻爱情看法的议论语，或直言，或隐语，或爽快，或委婉；千姿百态，妙不可言。无不既切合不同人物的身份口气，又巧妙地传达出一定的思想内容来。从而明确地表现了个体与个体之间、个体在此时此地与彼时彼地的思想中最细微的差别，由此塑造出栩栩如生、性格各异的众多狐狸精的美好形象。

美哉！可爱的狐狸精！美哉！如狐狸精般可爱的女鬼！

2015 年 8 月 23 日

# 六、友情篇

## 社会是个大舞台

世上除了爱情，亲情，还有友情。

爱不单指情爱，更宽泛的是指志趣的相投、心灵的契合。是友情，是心情，是诗情的爆发，是激情的燃烧，是生命力的再生，是不知老之将至的赤子之心。

一份好的友情带给人的是视野的开阔和人文素养的提升。

爱不能泛滥。发乎情，止乎礼，斯已矣。

社会是个大舞台。戏台上的演绎感动了看客，更感动的是演出者自己。他们亲临其境，涕泪交加，出生入死。在社会这个大舞台上淋漓尽致地表达着自己对人生的感悟。看者起身，调匀呼吸，掸一掸衣袖，不留半分泪痕。

因为，人的所作所为，只对自己负责，不是为了给别人看的；即使是朋友，也仅止于是你这段经历的目睹者，而不是替代者。演者入戏，戏如人生。观者看戏，至多给个掌声。如此而已。

我想，这应该是生活的真实景况。

一个声音说：你还想要什么呢？那时常默默地坐在观众席上注目你的观众，他时有中肯的点评，他应该是你的知音。每个人都有自己的舞台，他的舞台在他熟悉的地方，你为何不去学习、欣赏？

我欣赏志存高远的朋友，我珍惜那弥足珍贵的友情。

我愿意踏入另一条河流，用更新的眼光打量世界。

朋友！开启你智慧的窗，让我的思维沐浴清晨的阳光！

## 谈友情

友谊是一个奢侈的字眼，它在人的生命中占据什么位置很不确定。世上最常见的人际关系是亲情，同学之情，同事之情，战友之情，邻里之情……这都是可以具体确定到某个人或某些人，是一种自然地存在于人们中间的社会关系，是构成人际关系的实实在在的客观存在。而友情则好像是一份附加值，有它无它以上关系似乎都不会受到影响。

可是，它又像是一种润滑剂，滋润着人的心田；又像是吹醒万物的春风，温暖着生命的四季，活跃在人生的各个阶段。

友情可以因为某种契机在本不相干的人们中间出现。它可以因为一次偶然的相遇，一首诗，一曲音乐，一个会心的微笑，打动了彼此，拨动了心灵的琴弦。也可能是一次不打不相识的邂逅……总之事出偶然却又带有一定的必然性，这可能要归功于“同声相应，同气相求”的自然法则。

友情是无契约做保证的，不像婚姻有法定性。它源于相互间的信任、尊重和相惜；它可以是君子般的“和而不同”，却不会容忍一丝的虚情和假意；它可以坚如磐石，也可以一拍两散。

所以，珍惜友情显得尤为重要。珍惜它的偶然天成，珍惜它的来之不易。

友情可以是人生辉煌的主旋律，也可以是不值一提的边角料。全看它在人们心目中的位置，更在于它本身存在的价值。

2015 年 12 月 10 日

## 诤　友

相反相成，与相辅相成一样，自有它立论的道理。这是一种激励机制。

为了让鱼儿被打捞上来后在水箱里活的时间更长一些，通常人们在沙丁鱼的水箱里放入攻击成性的鲇鱼。鲇鱼追逐咬食群鱼，沙丁鱼为了活命不停地奔逃，得以在狭窄的空间保持生命的活力。同样的道理，鳗鱼不死的秘诀，就是在整仓的鳗鱼中，放进了几条狗鱼。它们非但不是同类，还是出了名的死对头。几条势单力薄的狗鱼遇到成仓的对手，便惊慌地在鳗鱼堆里四处乱窜，这样一来，一仓死气沉沉的鳗鱼就被全部激活了。

羊群里出现了狼，羊儿四散逃亡。弱小者不免落入狼口，只有体魄健壮的羊才可免遭一劫。这是自然界的弱肉强食，也是维持生物种群的最佳选择。强者恒强，生生不息。

温室里的鲜花经不起风吹雨打，只有青松才能傲然挺立在高山之巅。

同样，人的一生也需要千锤百炼，才能不断完善自己。每个人的境遇不同，生活轨迹也会有不同。对于一个在顺境中生活的人，更要努力培养自己在逆境中生存的能力和抗跌打的能力。当有人发表不同意见的时候，当有人敢于冒犯你的时候，千万不要不高兴，更不要怒火冲天。相反，你要感到高兴。因为平时我们很难听到这种声音。他可能就是可以让你正衣冠的镜子——诤友。

我喜欢身边有诤友的存在，那应该是你的莫逆之交，他能够坦率地与你交换意见，交流看法。友好、和谐是调料中的香油，温润、浓郁；不同看法的切磋是调料中的盐。各有各的滋味，相辅相成，缺一不可。

一个对未来永远充满憧憬的人，经世面、长见识更是不可多得的历练。

所以，我尊重每一个带给我新知、给了我启迪的智者；也尊重那赠我鲜花、手中留有余香的朋友。

这鲜花可以是一树盛开的桃花，它给予我热情似火的友情，也鼓励和温暖了一颗颗追求和寻觅美好事物的年轻的心。

这鲜花可以是一枝不起眼的薄荷，我们几乎看不到它的花蕾，它却以自己的清凉和大气抚慰着那一颗颗不安分和浮华的心。

这鲜花可以是大朵的菊，告知人们秋天的美丽，万万不可将年华虚度。

这鲜花更可以是带刺的玫瑰，不迎合、不苟同，就像身边的诤友，必将带给你新奇的感受。

## 朋友——人生得一知己足矣

当你生活在愉悦的氛围，做着年轻时的梦，有追求有努力，以乐观向上的心态面对每一天的时候，你的心情无比的快乐，你的身心格外的健康！

此时，我能感受到的是家人的亲情、朋友的友情，它们缺一不可地支撑着我生动地活着。感谢生活给了我不断找回自己的能力，感谢我的家人，还有我真诚的朋友！

不谈爱情，只说友谊。因为爱情是男女交往中最狭小的一个领地，也是最私密的空间。而友谊则可能广泛存在于社会群体的每个人当中，它是人际交往中不可或缺的黏合剂，也是社会文明和进步的一个标志。

我看重友情，所以有“洁癖”，容不得敷衍。话不在多，在真心实意，在体谅，在设身处地；这是心与心的交流，是一种美好感情的绚丽存在。

是的，朋友是心有灵犀的人，不靠说话（或书面语）就能相知，就像在和自己对话。可是，我们好像还离不开说话（或是书写）这个方式。尤其是在这个网络流行的时代，人与人的交往不再局限于同学或同事近距离的同城同地，对话双方可能见不到面或很少有机会见面。他们之所以能成为朋友，是因为共同的生活理念、共同的人生价值观。

以朋友二字相托的人，互相之间理应怀有一份信任，一份尊重，一份热忱。

我想，这是善良，是抛开个人得失、潜意识里对生命本体的尊重和宠爱。

在我们的一生中，会有风和日丽，会有乾坤朗朗，会有花前月下，会有一马平川。同样，也可能会遇上山穷水尽，遇上急流险滩。在关键时刻，更显出朋友的真诚、友情的分量。

每个人都有自己规划的或被规划的一生，有自己的优势和潜能，同时也会有由本身阅历、学识、眼界所带来的局限。作为朋友他能从你诸多的不足中看到你的一点亮色，鼓励你发扬光大，勇敢前行，让你大有遇到知音的感动和感慨。你会由衷地说：“谢谢你的不弃，我的朋友！从你身上看到了我没有的那种生命的张扬和奋进；我非常希望从你这里学到更多的东西……”

钱钟书先生对朋友之间的友谊做了深层次的解析。他说："真正友谊的产物，只是一种渗透了你的身心的愉快。没有这种愉快，随你如何直谅多闻，也不会有友谊。"

真正的朋友，不是物质利益上的靠挂，也不仅仅是直、谅、多闻——"多闻的人跟参考书往往同一命运，一经用过，仿佛挤干的柠檬，嚼之无味，弃之不足惜。"（钱钟书）

朋友是能够放低姿态愿意与人平等交流的人。在同一个平面上站立，这样才可能产生共识。朋友能相处好的关键不是距离，也不是观点是否一致，而是能否在同一个频道上交流。不然，鸡说鸡话，鸭说鸭语，永远说不到一起。

互相视为朋友的双方，不仅要在交往中学会包容、忍耐，更有义务在探讨问题时表达自己的真实想法，哪怕是完全不同的看法——好朋友是要坦诚相处的。

我想，所谓朋友，就是能够掀开自己有意无意间披在自己身上的虚与委蛇的面纱，以赤诚面对赤诚，寻求一种登高呼啸的自由和生命的快感。

朋友生于相知死于沉寂。在互相学习中提高，在深入探讨中争上一个台阶，在辩论中捅开一扇扇旷达思辨的天窗，在嬉笑怒骂中传递思想的精华，在悠然自得时对他大喝一声："聪明止于自得，止于阿谀奉承，止于故步自封！"不当腻友、损友，要当诤友、文友、知友。

鲁迅曾说过："人生得一知己足矣，斯世当以同怀视之。"

信矣！

# 虚拟的网络，真情的人生——闲话微信

大千世界，欣欣向荣；科技成果，以迅猛的速度进入人类社会。在某个时间点，由于某项科技成果的应用而改变了世界格局的事情常有耳闻，它也同时改变着人生。例如广岛上空的原子弹，加速了日本的投降。

如果人的一生可用时间来计算的话，那么在这一定的时间跨度里也只能干一定量的事。就像人的心脏一生最多跳多少下是有定数的，在人体健康程度相似的条件下，心率慢，寿命就比心率快的人的寿命长。

人们使用上了电话，于是时间变长了，相思的日子变短了。想通话就能听到对方的声音，问声别来无恙，倾诉思念之情。不再像古时候相思无处诉，尺素寄东风。

有了飞机，时间变长了，距离变短了。人们想去哪里，不用花费时间跋山涉水，天涯咫尺，千里江陵一日还。

有了微信，人与人之间的交流变容易了。就像是围困人们的一个个形形色色的城池轰然倒塌，人与人之间的交往突然变得更容易了，一个朋友圈，圈来了八方来客。

没有做统计，不知微信俘获了多少人。显而易见的是，人们使用它，就像吃遍了城市各个角落的麦当劳、肯德基一样，图的是个便捷。大到政令通告，小到心灵鸡汤，或严肃，或嬉皮；或文辞简约，或喋喋不休；或倚栏拈花微笑，或干脆扛花见你。就像一幅文字的清明上河图，让人目不暇接、拍案称奇。

还有数不清的由官方或个人建立的公众号，各以自己专业独特的视角发布文章，吸引人们驻足观看。也有些人按捺不住，情不自禁地跳进去，夜以继日、奋笔疾书，读者身份或纸版作家的身份同时也兼有了微信公众号某篇文章的作者身份。有的作者热情洋溢，每发表一篇文章都要在朋友圈展示一番，并群发一个“感谢朋友们的大力支持，请在文章后面点个赞并发表评论，本人感激不尽”的段子，大有你方登罢我登场的热烈和赤诚在内。

更有微信的朋友圈，大多是由家人、同学、同事、朋友及相互熟悉的人建立；人以群分，大家根据不同的兴趣爱好或不同的关注对象又组成各自的群，发新闻，谈世情，聊各自的生活体验，谈群中发生的事和共同关注的话题。

其中就有个同学群，他们可能是小学在一起打过架、跳过皮筋儿的玩伴，还可能是初中将烟煤塞到教室的火炉里，熏得漂亮的女教师进不了课堂的淘气包，也可能是洋洋洒洒写篇观点奇特的作文被老师善意地贴在教室后墙上供大家欣赏的帅气男生，或者是各自为政将自己包裹严实的大学同学……正因为他们不同凡响，才更能被大家记住，并成为当今同学聚会时大家谈笑的话题。

这些十年、二十年、几十年前在一个班级上课的同学，虽不缺经常聚会，但微信的使用也令他们“大快朵颐”。在群里他们纷纷拿出各自的看家本事，或诙谐，或玩笑，或说个俏皮话，或提起当年逸事，大多前仰后合，既活跃了群中的气氛，更恢复了年轻时的朝气。

随着时间的推移，每个同学的优点、特点，甚至班上某件当时看来很一般的小事，都被拿来津津乐道一番。那翩翩的舞姿，那嘹亮的歌声，那《毛泽东选集》学习小组的正襟危坐，那同学间的友爱相亲，同样成为大家心中不灭的记忆。

人生就像一壶茶，年轻时，就像刚泡好的茶叶，淡淡的，透出一股清香。几十年过去了，同学见面极为亲热，虽然多了白发，添了皱纹，但在大家的眼中，对方依然还是当年那个青春美少女、帅气男同学。只是情更浓、茶更香。

还有不相识的人，在微信上认识了。凭直觉互相做个初步的选择，认可对方可进一步交往后，通过交谈熟悉了，在时间的磨砺下有的可能成为倾心交谈的密友，有的也可能成了路人。这就像自然界生长的树木，有的喜阴凉，有的愿晒太阳；大路朝天，各走一边，都不失和谐与温良。

人终究要各自走完自己的一生。世间再繁华，亲情再浓烈，灵魂深处终究脱不掉寂寞二字。就像地球上的杀伐打斗再喧嚣热闹，也改变不了它是浩渺宇宙中的孤独存在。

赞叹生命。关注人类生存的环境，关注生命的运行轨迹，提高生活的质量。用宇宙的眼光观察地球的得失，用历史的眼光看待身边发生的事情。这一切，不是个人所能为的。

与寂寞相伴的是那颗不甘冷寂的心。不以物喜，不以己悲，我愿与朋友们切磋、共同学习。在虚拟的网络，做一个真实、诚信的好学之人。

2016 年 4 月 6 日

## 友情：人生的美好际遇

### （一）

在描述人间幸福的童话故事中，结尾大多是主人公在历经艰难险阻、矛盾挫折后：“从此，王子公主过上了幸福生活。”

这样大团圆的结尾，是人们心中普遍存在的美好愿望，也满足了大家善良的心地和精神上愉悦的需求。可是，世上哪有神佛保佑的无灾无难、一帆风顺，即使帝王之家也不例外。他们有养尊处优、威仪天下的不可一世，也有兄弟相残、母子不和、杀父弑君等诸种内忧外患，他们还比普通百姓多了一层皇权是否在握的担忧。所以，无论贵贱也无论贫富，无论皇亲国戚还是百姓人家，是否幸福除了他们自身以外，也只有天知道。相对于许多故事中大团圆的结局，那则是另一篇童话故事的起承转合了。

“流水不腐，户枢不蠹”，世间一切事物都在运动之中，静止就意味着生命力的停息。家庭关系也好，朋友相处也罢，都摆脱不了大自然的这个规律。都需要在运动中求生存，在变化中求完美。

世上没有哪件事是尽善尽美、无须加以改进和提高的。与此类同，朋友之间能保持有效的沟通，在不断的探索和思想的互动中，逐渐形成对一些问题的共识，心领神会、心有灵犀，那是求之不得的境界。而相互能称之为朋友的人，也绝不会是泛泛之交，所以，他们之间的坦诚交流乃至思想交锋都是很正常的。他们不仅是文友，也是诤友；他们不避讳观点的相左，也会在探讨问题的过程中，由各抒己见到不断趋于理性与和谐。

“文武之道，一张一弛。”求进取的人，在理性的天地做一番思想上的整顿和短暂的休憩后，还会努力凭悟性和能力打开另一扇求知的天窗，准备向思想境界更深邃的高地努力攀登，让友谊与时俱进。

直到目前，我一直被批评为处世傻和蠢，说我甚至还不如现在一二十岁的孩子。他们会察言观色，我却没有更多的心机和处世能力，这是我作为生活在社会中人的缺憾。可能正是这种朴拙的质和远离烟火的天真，以及朋友的宽厚、儒雅、睿智，才有可能成就一种难能可贵的惺惺相惜的友情。它忽略了性别、年龄、职业、职务等诸多外在因素，它的相互吸引更多来自对方人格的魅力。

这种境遇可遇不可求。在当今物欲横流的社会，只能是一种美好的愿望。

朋友之交，虽然交往少之又少，它只是户外的一缕阳光，却将心情照亮；是大海中的一滴水，却反射出太阳的光芒；是树上的一片新叶，却将生命的青葱延长……

不管朋友在与不在，看与不看，甚至朋友这一称谓所指是他人还是自己，我都将文字作为灵魂的放飞之地。我与自己倾心相约，充满感情地与内心深处的自己真诚对话。这里是避风港，让人放松心情，思绪从容，我可以说想说，想所想；这里是一个反思之地，我将灵魂彻底亮相，厘清自己的生活理念、快乐和忧伤。

朋友，可以是人，可以是物；可以是一本书，也可以是那眨着精灵鬼怪眼睛的满天星星……“三人行，必有我师”。一人行，仍然会有与友沟通之乐：大自然所赋予的目力所及的美好，书本中与一个个活色生香的灵魂相遇的快乐，都是朋友的慷慨馈赠。

“放下性格，彼此成就。”朋友的相互认可，没有终极目标，它只是人生的一种美好际遇。那是一扇开启的智慧之窗，那是一股流动的新鲜空气，它不会让人“醉氧”，而是让你在休憩之后能够重振精神、重整旗鼓，攀登又一个高地，让你在人生的征途中一路欢歌，永远乐观地面对生活，永远充满阳光的遐想。

（二）

我喜欢老树这句话：“待到春风吹起，我扛花去看你。”一个“扛”字，多么质朴，多么豪爽，多么洒脱可爱！

待到山花烂漫时，我将再次登上两千多米高的武夷山巅，在那棵顶天立地、生机勃勃的青松之下，我依然站在凸起的大石上，仰望天空，欣赏那浑然天成的由蓝天作底色、青松作画面的大自然杰作！那是天地之交会处，旷达、辽远。远处遍野的山花在山风中摇摆起舞，头顶是湛蓝的天空，一望无际。我将采撷一朵远离俗世尘埃、浸透天地之灵气的山花送给朋友，也送给我自己。

我看过安徒生的《卖火柴的小女孩》。这是一本配图童话故事书，画面是一个楚楚动人的小女孩。小女孩家中贫穷，为生活所迫，忍着饥饿在寒冷的冬夜站在街头卖火柴。因为饥寒交迫，她点燃了手中仅有的火柴。

小女孩憧憬的温暖、亲情和幸福，在火柴燃亮的一刻，蓦然出现在她眼前。她惊讶，感动，心花怒放，快乐无比。她感激上天的慷慨赐予，尽情地享受那难得的幸福时刻。可是，当一根根火柴那微弱的火光相继熄灭时，所有幻景不再，只有那个缩在墙角、手拿火柴面带微笑、紧闭双眼的被冻僵了的小女孩……我为她落下了悲伤的泪水。

此刻，当我眼前重现这一凄美的画面时，我又想：小女孩在火光闪烁的那一刻，不是全身心地沉浸在那美丽的幻影中而幸福无比吗？又如苏联影片《萨特阔》中所描绘历经千辛万苦寻求幸福鸟的故事。人生如梦，梦即人生。何必把结局看得那么重而忽略了人生走过的路呢？何必把什么都看得那么现实而将心中仅存的诗意丢弃呢？

人际交往是一门大学问，除了要学习与人相处的方式方法以至言谈技巧以外，更需要的是一份真诚和善良。我们听到过头悬梁、锥刺股，听到过卧薪尝胆，听到过精卫填海、愚公移山，可曾体验过个人品德的磨砺，诚信二字的魅力！

我自尊，所以害怕敷衍；我尊重朋友，所以害怕朋友的勉为其难。我不藐视世俗，也不会为世俗所累。人生不是戏，它承载着人的信念和理想；有时人生却如戏，凡事不可太认真，不然会处处为难自己。我总是像孩子一样对世界充满好奇心，而谜底也永远是吸引人的，有如前方未知的召唤——不管前方道路上铺的是鲜花还是荆棘，都值得一探究竟。就像萨特阔克服千难万险执着地去寻找幸福鸟的决心和勇气。最后的结果已不重要，重要的是这一番刻骨铭心的经历。

在大雪飘扬的日子，我希望能看清每片雪花那多姿多变、晶莹剔透的六边形，却不料映入眼中的是一片白茫茫。那白茫茫中有林冲“大雪飘，扑人面，朔风阵阵透骨寒”的悲愤和苍凉；有喜儿“北风吹，雪花飘，年来到”的欢喜和憧憬；有少剑波“朔风吹，林涛吼，峡谷震荡”的战斗豪情。这是一种美，是存在于戏曲中每个角色心中的不一样的感受；这种如大雪似的白茫茫可以涵盖世间万物，美则美矣，那是艺术之美，是观者心目中的美。

人生的路上并非都是鲜花美景。生活的美好则是要体现在每一个细枝末节，那是自我实实在在的一种具体的感受。真实或虚伪，坦诚或猥琐，谦逊或傲慢，我们在白茫茫大雪纷飞的场景中，终将会辨识那冰晶怪异变幻万千的六边形。

我欣赏志存高远的朋友，我珍惜那弥足珍贵的友情。我愿意踏入另一条河流，用更新的眼光将世界打量。

第二辑

# 纪实

# 七、随　记

## 都是天冷惹的祸：追念老北

前天，在同学圈听到北明病逝的消息。

老北是我的同学，他是一个热情风趣、热爱生活的人，常有趣事让同学们开心。

印象中，他是一个里外透明、坦坦荡荡的人，也是一个不拘小节的人。个子不高，上学时经常穿得整整齐齐，上身白衬衫掖在裤子里面，利利索索，没有一些干部子女常有的不修边幅的邋遢相。长得白白净净，还有点公子哥儿的架势。周日休息，常见他扛着个小鱼竿去钓鱼。是否钓到鱼我没看到，那个扛着小钓鱼竿神气得像个心满意足的淘气男孩子的影像却留在了同学们的心中。

有一次我们班团支部在八宝山开展缅怀革命先烈的活动，由每个团小组分别出演节目：朗诵和唱歌。老北不是团员，也没有人特意安排，他却比谁都忙，拿着照相机奔前跑后，从不同角度给大家照相。这种热情，这种自然而然融入集体、置身于集体活动的参与感，不是每个人都能毫无芥蒂地做到。

老北多才多艺，嗓音洪亮，喜欢朗诵，也会表演。在校际演出活动中，我们班同学演的是话剧《霓虹灯下的哨兵》，他饰演陈喜。

作为当年挂靠在中专学校（现北京建筑大学）的大专班，我们明显比中专同学少些阅历少些磨炼，他们会跳舞，会西洋乐器，还有谈恋爱的，课余生活风生水起。我们则更多地带些书卷气。我们1963届三百多名同学当中，不乏各路人才，他们却因这样和那样的原因在高考这一道关上折翅。北京市委以城市建设需要为由，连续三年接收了这些落第学子，教育和培养他们成为今后城建部门的生力军，这是后话。

当年我们班演的《霓虹灯下的哨兵》剧目，老北演陈喜，唐姐演阿香，付姐演春妮，还有辛兄、马兄、二位孙兄、程兄、刘兄等多人分别扮演剧中的指导员、连长、炊事班老班长、通讯员、童阿男、赵大大。他们个个身手不凡，将人物演得惟妙惟肖，受到大家热烈欢迎。当年赵大大的扮演者刘同学，童阿男的扮演者程同学早已离世，如今“哨兵”剧组又走了一个老北！近日来，同学们都沉浸在无比沉重的悲痛之中，怀念我们的好同学王北明。

因工作需要，我们八个班同学提前毕业被分配到市城建委下属八个局。我班同学被分到市政局各公司，一年以后就赶上了“文革”。老北因家中父母被关押而受到无尊严的对待，像很多同时代的人一样，经历了十年的坎坷路。

退休了，我们的同学老北，仍然像年轻时一样，老而弥坚，不坠青云之志，不减生活热情。他开通了博客，记录自己的美国之行《老北侃美国之一至十二》，记录了自己四十年后回到家乡的所见所闻《家乡巨变带来的喜悦和思考》。他在博客《雨中游狼山》中写道。

……我们就这样在葵竹山房品着香茗，听着雨打芭蕉，山南海北、古今中外地闲聊。不觉此时雨已慢慢地小了下来，远处的水天也一点点地逐渐明晰，此时再放眼大江东去，那真是水天一色，不禁令人心旷神怡！又过了一小会儿，便见到那一艘艘的船只泛舟江流，飘向天际。而此时从云中显现出的剑山、军山、马鞍山、黄泥山和我们所处的狼山，这五山如同一幅空蒙蒙的山水画，又如一尊精美的水石盆景。真乃五山拱北，狼山居中，而我们则如临仙境。乘此时雨小，我们离开山房。只见山门两侧一副楹联，上书：长啸一声山鸣谷应，下联：举头四顾海阔天空。……

从这一小段文字就可见到老北的文采之飞扬。

老北视野宽阔，国事、家事、天下事，事事关心，时时表达对祖国命运的关注和对美好前途的信心。

老北是个天生的乐天派，他在哪里，哪里就充满欢乐。他和妻子弹琴吟诗，夫唱妇随。他还在同学圈里饱含深情地朗诵诗篇。更有一小插段，让人忍俊不禁。他于 2016 年 1 月某日在同学圈写道：

刚才上楼时候在楼梯口，看见一个老爷爷提了很多东西。于是热心地迎上去准备帮他提。本来想说：老爷爷，东西我来帮你提吧！结果嘴一哆嗦说成了：老东西，爷爷帮你提吧！……他现在还提着菜刀在找我呢。

都是天太冷惹的祸，冻得嘴巴都不好使了。

看到老北上楼欲助老人提物一事，若不是夜深，我真要笑到岔气！

试想一个七十多岁的人，不以己老为老，还有一颗赤子心，将自己想象为助人为乐的好儿童，又在不知不觉中端起了长者的常态架势，以惯有的诙谐脱口叫一声“老东西”，真真让人气恼！却又让我乐不可支。一个天真可爱、心态年轻的“老顽童”形象如在眼前！

怎能完全怪罪于“天冷惹的祸”呢！

哈哈！这完全是角色错位惹的祸。

角色的错位也能演出一场轻喜剧哟！因为人的善良、真诚和可爱！

多才多艺、正直、热情、大方、善良的老北，给大家带来快乐的老北，多年来疾病缠身，与病魔斗争，从不气馁，同学们也从未想到他会突然离我们而去。我们想他，念他，更要像他一样以达观的心态面对生活。这是对他最好的纪念。

虔诚地向我们的好同学老北行一个注目礼。

老北，一路走好！

2017 年 9 月 11 日

# 熬

生活，不该是如此备受煎熬。

当她无力改变这一切时，她会接受命运的挑战，用平和的心态面对所有的不堪。

那一年，她生下儿子刚好一百天，就作为单位里的第一批人员光荣地下放到班组劳动。孩子日托，交由邻居介绍的一位大妈照看。那时，她和丈夫分居在两个城市，日常生活相互不能照应。早上，她把睡梦中的小孩子裹上被子抱到几百米外的这户人家，请她们照看；晚上，再抱回家来。夜间，若听到收音机里有最新指示发表的消息，就急忙把孩子再抱回大妈家，自己骑车匆匆赶回班组，投入到敲锣打鼓热烈欢呼的洪流中去，一享欢欣鼓舞的热烈场面。

白天，她参加班组的劳动。一班二十几个人，先念“老三篇”，然后按班长的安排外出干活。他们这个工段负责城区这一片的道路、桥梁、下水道的市政管理维护工作。他们当中有骑自行车的，有蹬三轮车的，有开电瓶车的，井然有序，各司其职。她和大家一起，每天用镐用锹，铲石子、挖沙土，当小工铺步道砖、刨开马路修下水管道，钻到地下管道为管道壁加固抹灰，搅拌水泥砂浆，铺路、搭桥，为首都城市建设添砖砌瓦。

和工人师傅们一起劳动很快乐，天天一身汗，不觉苦和累。下班后，她和另一个北京工业大学毕业分配来的女大学生在班组学习时，分头负责教几个师傅背“老三篇”。没念几句，就有人拿出小烟袋锅子，磕掉里面的烟灰，再从衣袋里捏出一小撮烟丝装进烟锅里，憨憨地对她二人说：“先抽一锅子吧！”于是她二人笑眯眯地静等师傅将劣质烟草放在小烟锅中点燃，再舒服地吸上一口，这样一天的劳累就都置之脑后了。

师傅干活儿麻利，对砌砖用的水泥、沙子、白灰三者的用料比例要求严格，对道路的平整度要求精益求精。他们干活儿是一把好手，背起书来却显得有些力不从心。

他们纯朴善良，也处处照顾她这个瘦弱单薄的“下放干部”；他们豪迈粗犷，却都如同有约定一般，从来不在她面前口出不逊。

她喜欢痛痛快快地出一身汗、高高兴兴地与师傅们一起干活儿；她不甘落后，往往挥汗如雨。有一次和一位年轻师傅在路边掏挖雨水口里面的污泥，几个小学生过来，像看到了新鲜事，扯着嗓子喊：“快来看呀，那么大的姑娘和男生在一起哟！”笑着起哄说她是个“不害羞的丫头片子”。哈！他们怎知道这个瘦瘦的小巧玲珑的乐呵呵的大姐姐，并不是他们眼中的“黄毛丫头”，她家里还有一个嗷嗷待哺的小儿子呢！

每天晚上班组都会开会学习。班上虽有几个同时下放的同事，但班长指定让她做记录。她知道这是对她的信任，却又怕辜负了大家：由于她夜间要照顾几个月大的小儿子而睡眠不足，又有白天的劳动和午休时要回去照看孩子的奔波，到晚上学习时早已是昏昏欲睡。只见笔尖不停地戳着纸，头像鸡啄米似的，更有甚者干脆将头抵在桌子上打起了小盹儿。师傅们七嘴八舌谈得热闹，仁厚的班长见怪不怪地一直让她当这个“记录员”。

她很“轴”，不会顺杆爬。年末写材料评先进集体和个人，另一个班的班长托工段长请她帮忙代写，她一口拒绝。她说：“我不会编，请将你的事迹写出来告诉我，我在这个基础上才好写。”搞得工段长也拿她没有办法，听凭这个脑筋不开窍的人我行我素。

一周只有星期天是休息日，在不足九平方米的家中蜗居。她抱着小儿子，什么也干不了，眼睁睁地看着水壶的水烧开了，在火炉上滋滋地冒着热气，却腾不出手来把它挪开灌入暖瓶。千难万难，一筹莫展！生活中类似的大小事天天遇到，都需要她自己来解决。

熬，是不轻易放弃，不轻易改变；一个“熬”字，谈何容易！这时的她，依然心静如兰。

停留于感叹唏嘘是弱者的无奈，生活原本就是这样跌宕起伏。就像一首交响乐，高低强弱的音符变幻才能演绎出一曲美妙的音乐。

太阳从东方升起到斜阳西下，阳光从小东屋的窗户投射到屋内。她时常望着地上缓缓移动的光影，想着那句名言：“逝者如斯夫！”

这种日子再难也能过下去——你想当“坐地炮”要赖都不可能！你不走，时间也要赶着你向前走——从早晨至晚上，从昨天到今天，从今天到明天……时间的脚步从不停息。它不会将某个时间点的困境固化。就像是人们不可能两次踏入同一条河流——河水在流动，每一次你踏入的河流都是有不同于以往的水的流动；你也断不会是庞贝古城遗址中一个石化的座像——年轻的妈妈怀抱婴儿，眼睛无助地看着火炉上的水壶而一筹莫展、无可奈何。

因为你就是你！

你的孩子会长大，你的生活会更美好！

时间将携裹着万事万物奔腾向前！

——困难总会过去的，总会有办法的！

一个字：熬！

2015 年 8 月 13 日

## 京城的雨

### （一）

中央气象台今日（2017 年 7 月 7 日）18 时发布蓝色预警，湖南湖北等十一省市区有大到暴雨。这场全国范围内的大雨也波及北京，几天来，一直艳阳高照的京城也曾有几次小雨淅淅和大雨如注的变脸。

昨天下午，我从医院回来，在阜成门地铁站骑小黄车到家，沿路看到甘家口路边的槐树下散落着一地槐花。那是一场雨一阵风的杰作。想起几天前在三里河、木樨地、月坛北街骑车路过时也曾看到这般景象。只是，我并未留意这带有隐隐香气、牵惹人心的小小树花。因为它落地后并不张扬，星星点点散落开来，不像盛开时一树的花香袭人；如不留意，很难察觉它的存在。

今天上午阴雨绵绵，我出门办事从三里河骑车到家，一路小雨缠绵不歇。好在没有下大，于是匆匆在小区买了几个大桃子赶回家去。午后，大雨瓢泼，如上天发怒般地裂开了一道口子、将天上之水夹带愤怒倾盆而下；又像小孩子隐忍了好久的委屈，终于可以张开大嘴哇哇哇、眨着眼睫毛哗哗地落下泪来。

天依然阴沉，却也赶走了暑气，难得的凉爽。傍晚，又是一阵冰雹噼里啪啦一顿狂泻……几个时辰过去，待老天积蓄了力量，午夜前后，又是一通电闪雷鸣，大雨如注，让人们感受到老天爷的激情狂欢。

## （二）

记忆中京城的雨带给人的影响似乎很少有值得回忆的地方。这要感谢老祖宗选址建城的智慧，它所处的地理位置占尽了天时地利，让人们在笑骂大雨不期而至的同时也没有太多的恨意。

京城的人们之所以在大雨降临时安之若素，是因为除了上天的佑护以外，还有市防汛办一整套班子的严防以待，更有一支日夜守卫城市汛期安全的训练有素的队伍，他们归属于北京市市政工程管理处（近些年机构调整，这部分市政管理功能划归为北京城市排水集团有限公司）。这个部门负责全市的道路、桥梁、下水管道的维护和管理。汛期防汛是它的重点工作任务之一。每逢汛期全处上下都要二十四小时值班，层层设防，以确保首都的交通和人们生产生活的安全。

当年我在市政工程管理处工作，参加过汛期的夜间值班。每当遇有紧急情况，比如哪个雨水口堵了，哪个桥下有了积水，不管事故大小，都要马上电话联系有关所的值班责任人，由他们向工段下达紧急抢修任务。工人们则不分昼夜，不惮大雨滂沱在水里泥里劳作。当人们在夜间熟睡之时，就是这些话不惊人貌不出众、穿着多有些随意的普通劳动者，用汗水、用肩头顶起了一方天，是他们对老百姓的“雨中情”换取了婴儿睡梦中甜蜜的笑靥、社会的安宁。

我以曾是这支队伍中的一员而自豪。

说到下雨，印象深刻的是七十年代初的一场大雨。暴雨夹裹冰雹，将在路上骑车和行走的人们打翻在地，鸡蛋大的冰雹砸到头上、身上，人们纷纷躲避，却又猝不及防。很多人不幸被冰雹砸中。当时医院的急诊室人满为患，有砸到头部得了脑震荡的，有骨折的……现在五六十岁的人都会记得，那是一次惊险的历程。

还有一场大雨我没有忘记。那时我在班组劳动，儿子几个月大，放在邻居大妈家让其帮助照看。那是一个中午，我回家照顾完小儿骑车上班。路不远，一条胡同的距离。忽然，狂风大作，暴雨倾盆。我穿着雨衣推车前行，大雨啪啪地敲打着头顶，密集的雨帘遮住了双眼。自行车被大风吹得东倒西歪，我像喝醉酒似的晕头转向找不到北。

曾有一个瞬间想返回家中避雨，可是想到越是暴雨来临越是需要我们巡查道路安全隐患的时候，于是鼓励自己再难也不要退缩！风雨中我努力不让自己连车带人摔倒在地，落汤鸡般的我连车带人一头扎进了工人师傅群体中——那是给我快乐、给我勇气、给我力量的温暖集体！

那是一段伴有快乐，伴有辛苦，伴有保护京城汛期安全的神圣使命感，与工人师傅同甘共苦的激情岁月。

（三）

世间万物，都有它存在的道理。它们存在的种种不同方式，给人以启迪，赋予人遐想。苏轼说：“人有悲欢离合，月有阴晴圆缺，此事古难全。”就像有晴天，有雨天；雨又有小雨、中雨、大雨、暴雨。随性而为，任意而下。雨，有时是对人类生存环境的狂轰滥炸，对人类顺应自然、合理改善生态环境能力的考验；有时又是激发战士、诗人海阔天空奇思妙想的媒介。

在潇潇细雨中，孟浩然有“花落知多少”的喜春惜春的浓情爱意，杜甫有“润物细无声”的赞美，岳飞有“怒发冲冠，凭栏处”“仰天长啸”的壮怀激烈，陆游有“夜阑卧听风吹雨，铁马冰河入梦来”的悲壮和苍凉……

我常在雨后漫步。雨后多有飘洒满地的槐花，时时映入眼帘。槐花呀槐花，想你在西郊玲珑塔下一棵棵高高的槐树上挺枝傲花，将花香遍洒园内，令我流连忘返。想你在月坛北街的林荫道上，为人们带来阴凉；风儿倾情吹过，你像蝴蝶般上下飞舞。我对槐树槐花情有独钟，我的眼前充满了诗情画意。我曾欣喜地随景吟出“碧云天，长街翠，槐花飘满地。晓风徐来，枝摇花曳，恰似游人醉。”

风雨无情，今天沿路多有槐树落花，昔日的繁华仿佛又在眼前！恨不能有黛玉的小花囊将其收纳，用黛玉的小花锄将其深埋地下，将它的冰清玉洁永留在世、永记心间。

毛主席的《咏梅》是这样写的：“风雨送春归，飞雪迎春到。已是悬崖百丈冰，犹有花枝俏。俏也不争春，只把春来报。待到山花烂漫时，她在丛中笑。”

风雨无情亦有情。它让我们经受艰难困苦，也激发了我们克服困难的决心和勇气，更让我们享受劳动光荣的快感。愿我们在雨中前行，大家的心气如雨后的春笋，节节高。

## 春江水暖鸭先知

在人们的感受里，北京是没有春天的。刚脱了棉衣就穿上了短衫。昨日还是一片光秃秃，忽如一夜东风至，千树万树桃花开。真是妙不可言。

我与先生拿着老人卡，坐103路无轨电车优哉游哉漫步来到动物园。这里是两个八岁多的双胞胎小孙子的所爱之地。只要有空闲，他们都要争着吵着到此游玩一番。今天，我和老伴又来到此地，这是近一周里我二人第三次来到这里。虽多次频繁到此，却丝毫不觉得贫乏，也不感到厌烦。因为这里有人气，也有成百上千动物的勃勃生机。

这里是个喧闹的场所：它有别于市井的喧嚣；虽无丝竹管弦之乐，却也无呕哑嘲哳难于入耳之声。喜鹊的喳喳声，乌鸦的哇哇声，小鸟儿的鸣啾声，鸭和鹅的嘎嘎声，在柳荫旁、水畔边显得格外悦耳。

绕过葱郁的树木，来到一个不起眼的水塘边，只见二十多个人，十几个照（录）相机一字排开，严阵以待，对准了对面山坡与水的交接处。问："这儿有什么东西？"答："一只鸟妈妈，飞来飞去，将自己捉到的虫子喂给了几只张着大嘴的小鸟儿。小鸟儿藏在离水面不远的洞里，只有鸟妈妈飞来，它们才露出小脑袋。鸟妈妈已经飞来飞去好几趟了。"

人们忘却了世俗的浮光掠影，摆脱了心的浮躁，专一地、静静地守候在这里。为了等来这感人的亲情的一瞬间。

在水禽游弋的岸边，四只有着棕灰色羽毛的鸭子先后跳上了岸，又跳上了对面的小山坡，在砖砌的边缘上来回行走，一摇一摆地自在地散步。玩儿够了，一只鸭子率先跳到地面，另外两只鸭子试探着地面的高度也相继跳了下来。却见第四只鸭子用脚贴近砖的边缘欲往下跳，踌躇一下，又很快缩了回去。又往前走几步，再欲跳下，又缩回去。反复几次，终究没敢做出勇敢的一跳。先跳下去的几只鸭子耐心地守候在它的旁边，还歪过头来看着它的举动，与它同进退，同留步。却见这只鸭子举棋不定，一筹莫展。

这时，为首的鸭子率先跳上了山坡，另外两只也跟着跳上去，它们与坡上的鸭子又组成了一个团结的整体。它们在坡上又消闲地散了一会儿步，为首的鸭子又跳了下来。紧接着，另外三只鸭子也几乎在同时跳到了地面，再也找不到那个畏缩不前的小家伙。我不禁称奇：在一个团结友爱的团队里，怯懦者也会变得勇敢。它们在路边游荡了一会儿，又先后高声叫了起来。还未等我反应过来，只见它们已齐刷刷地抬起翅膀，掠过水面，飞到了水中央。它们又继续寻找快乐去了。

第五只鸭子，显然更愿意自己玩儿，它在岸上从游人手里啄取饼干，更碎一些的渣子则被扑棱棱飞过来的小麻雀一口叼住，边吃边飞，一下子飞到树梢头。晚到的小麻雀则寻寻觅觅，跳来跳去，丝毫不把游人放在眼里。可见在鸟儿们的眼里，世道是多么的太平。

这也是动物园里绝大多数动物的心态。在水塘里，我又看见了五只小鸭子组成的方阵，它们紧随父母游来游去。有一只小鸭子淘气得很，可是它即使想自己在水中嬉耍一番，也绝不敢远离团队半步。于是我看到了它忙里偷闲、匆匆扎入水中做个小动作，又急忙忙地追赶队伍的可笑场面。后来，鸭妈妈一声令下，它们就绕着小岛转到了池塘的另一边。我目送它们远去，祝愿它们一生平安！

在鸟儿的世界，一只黑八哥可谓是这里的明星。它会叫自己的名字："小黑妞妞！小黑妞妞！"当小朋友们向它打招呼说"你好"时，它还会说："你好，你好！""拜拜！拜拜！"还会发出"嘎、嘎、嘎、嘎"的笑声，引来无数小朋友的雀跃和欢笑。

动物园是动物的世界，更是人的世界。动物的纯情和美好，也给人的精神世界增添了纯情和美好。

**后记：**

这是前几年写的一篇小文。后来又去动物园，探望我们的老朋友。在鸟的世界，则见鸟去笼空，小黑妞妞已不复存在矣！一叹！愿小黑妞妞在远去的地方依然风趣、快乐！

## 过上海滩

2017 年五一节过后，我和老伴到上海一游。儿子给订的宾馆，住在南京路的上海国际饭店。

据介绍，上海国际饭店于 1934 年落成，是上海年代最久的饭店之一。共有二十四层，建筑标高 83. 8 米，有三十年代"远东第一高楼"之称。是当时金城、盐业、大陆、中南四家银行的创意。它的设备和管理都是一流的：整个大楼是钢框架结构，钢筋混凝土楼板；饭店地下室设有保险库，装有大小保险箱三千四百只，库房大门更是重达三十二吨。被各界人士誉之为“东半球之杰作”“巍峨雄伟汇现代建筑之精华”。

上海国际饭店称雄上海半个世纪，它的历史也为我们记载下了上海这个东方大都市近百年的变迁和重组，成为历史的有力见证。当年，很多人都把能亲眼看一看国际饭店当作到上海后首先要做的事情。那时的国际饭店，只是少数人的天堂，演绎着三四十年代的都市风情。达官贵人和洋人们在此寻欢作乐，楼下跑马厅里马蹄声声，欢呼阵阵。站在饭店顶层极目远望，城市景色尽收眼底，大有几家欢乐几家愁，高楼与破屋共处，繁华与凋敝共存的城市畸形异貌。

时光飞逝，时代在变，大上海旧貌换新颜。如今二十四层楼的国际饭店，在高楼林立的大上海是个不起眼的小兄弟。先生说那里虽旧，却是了解上海城市变迁一个极好的小窗口，也是购物游玩的方便所在。它坐落于南京西路东口，百步之遥就是通往繁华地的南京东路步行街。

步行街街道两旁商店林立，老字号的店铺比比皆是，如“上海市第一百货商店”“泰康食品”……还有许多商店，吃穿用度、各类商品琳琅满目。马路上人头攒动，那里是全国各地旅游者休闲生活的集散地。有叮当作响的观光车，有年轻人的笑语声声，有小朋友的稚嫩呼唤，有手拉手的银发伴侣的幽默对白。他们说些什么，外人不得而知，只能从他们轻盈的步伐、脸上自然流露出的笑意，看出他们的轻松和闲适：放下一切，愉悦自己。那无条件地陪你聊天、陪你散步、呵护你的冷暖与你休戚与共的人，是你的亲人；那不辞辛劳愿意花一点时间与你共议感兴趣的话题、开启一扇智慧的天窗的人是你的朋友。亲人在，是你的幸福；朋友在，是你的快乐。

年轻人居多，银发人寥寥无几。华灯初上，霓虹灯将街区照得锦上添花，热闹程度犹如早年间北京的王府井和前门大栅栏。商店的售货员都很热情，透着上海人的温婉和精明。我们直奔目标，买了几件合体的衣服，闲下心来观赏这人来人往。

最早耳闻南京路的繁华，源于几十年前的电影《霓虹灯下的哨兵》。说的是南京路上好八连拒绝资产阶级糖衣炮弹的腐蚀，为祖国人民站好岗放好哨的故事，南京路成了花花世界的代名词。现在，南京路在人民手中，人民在花花世界里畅快游玩。

步行街最大的看点是路上来回奔跑着的“小火车”。那是几节老旧的铁皮车厢连在一起的小交通工具，跑起来“叮叮当当”地响着铃，颇有怀旧感，也很好玩。车身上照例有广告语，如“爱在餐桌，丘比沙拉酱”，那是一个活动着的广告牌，可见上海人做生意之精明。也有充满哲理的昭示：“每一代，都是一个时代。”显示了上海人的精进图强。

回到住处，从六层楼的侧面窗口往外看，不宽的人行道对面就是一排楼房，映入眼帘的是上海餐饮连锁店“杏花楼”。它在这条胡同的最前端，这个“胡同”是食品一条街，走进去，可以吃到各色小吃。

这次游玩，先生特意去找六十年代上大学时，随老师到上海实习时吃过的咖喱牛肉汤和生煎包。连日来，他专门吃了几处大大小小的小吃店，却再也找不回来舌尖上曾经滞留的香浓滋味，不免感叹唏嘘一番。他又联想从西安交通大学分配到北京参加工作后，为了解馋，也为了避免高消费带来的囊中羞涩的尴尬，从北京电力学院所在地清河小营坐车到城里，买了一个红烧猪蹄，来到北海公园，坐在柳树下依傍海水的长椅上，一边有滋有味地啃猪蹄一边看书。清风徐来，充满愉悦和惬意。

所有这些都成了往事烟云。牛肉汤、生煎包、猪蹄现在都成了大众餐桌上的寻常之物，谁也不会为了一个猪蹄跑几十里路来解口腹之欲。清贫，乐观，精力无限，勤奋好学，是一代年轻人当时精神风貌的写照。

为与二十年未谋面的老同学相聚，我们特意到饭店对面的“杏花楼”饭庄“试吃”一次，看是否合口味。在饭庄的入口处，我看到一个小告示，写的是：

抱　歉

因季节原因，制作咸蛋黄肉松青团的麦青与我企业的标准有落差，故不能使用。即日起将停止咸蛋黄肉松青团的供应，其他品种青团仍有供应。我们明年见。

杏花楼

见微知著。一个饭庄，因为一款原料与企业的标准不符而停止此款食品的制作和售卖。这种精益求精的责任担当，与老字号同仁堂“炮制虽繁，必不敢省人工；品味虽贵，必不敢减物力”有异曲同工之美。这种以诚为本、精益求精、认真负责的好传统、好作风令我感动。我们的企业，多几个“杏花楼”、多几个“同仁堂”，社会形象将会有多大的改观啊！

在异乡，与朋友相聚，共话别后经历，为各自努力工作取得的成绩而欣慰，为朋友的健康幸福干杯。此情此景，不亦乐乎！

我们在上海待了四天，逛了城隍庙，观看了外滩的夜景。这些地方老伴曾多次来过，这回纯属“舍命陪君子”。我也曾来过几次上海，每次也都是走马观花；看到了大城市的繁华，却总浮光掠影，看不清它更多的内涵。我想，比起新锦江饭店，住进上海国际饭店是个了解上海这个大城市的契机，我会慢慢地了解它，感受这个城市的沧桑巨变。

别了，大上海。我会再次与你相会，亲眼看到你的日新月异！

2017 年 5 月

## 骑“驴”丢“驴”记

看了网友《丢驴找驴奇遇记》一文，大有“同是天涯沦落人”的感慨，不禁勾起我对往事的辛酸回忆。

十多年前，曾听到人们调侃：“没有丢过自行车的人不算是北京人。”那时，自行车是北京上班族的主要交通工具。

在丢车风初盛时，我的自行车安然无恙，我为此得意了一阵。觉得丢车的人太大意了，哪有偌大的挂着锁的车子不翼而飞的道理。却不料后来风向逆转，偷者不再只将眼光瞄着“高大帅”（可能是“货源”已经短缺），向我等娇巧玲珑的“26”车也下了毒手。

这都是在不知不觉中发生的，任何场所都有可能丢失，可谓防不胜防。我曾在几年里连续丢了不下十辆自行车，也算是后来居上，着着实实当了一把地地道道的“北京人”。

记得有一次是在儿童医院院内，放下车，看一眼小病人，出来就不见了坐骑。那时已是再遭此难，生怕家人埋怨，急匆匆到商店买了同一品牌的车骑回去。只这一次经历就牵连出五辆车：丢失一辆，买一辆，买的这辆又丢，又买——而这次最后买的那辆车也不是我的最终坐骑，还得买。

最让我心疼的是一辆加快轴的小“26”，轻巧、快速，也被飞毛腿掠走了。

还有放在楼道里的一辆新车，买来不久。前一天派出所来办事的人看到还说：“谁的车，真好，可要小心！”不幸言中，第二天车就不翼而飞。

从那以后不再买新车。七八十元一辆的二手车，还花了几十元换零件。谁知偷者也每况愈下，连二手车也不放过。现在骑了多年的是第三辆破车，花了六十元钱。哈！小偷儿们扫荡了京城的自行车界，落个江河日下；我也由骑好自行车转而变成骑个破车满街跑，可谓日落西山！

2015 年 5 月 29 日

# 骑行小黄车之乐

周六，是个好晴天。早上的空气清新，微风拂面，让人感觉舒适和惬意。多少天来，除了跑医院就是窝在家里看书或看电视。难得有兴，今早特意出来散散心。下楼来，两辆漂亮的小黄车吸引了我的注意，它们优雅地停靠在楼门旁边，似乎在等着与今天的主人欢聚。我走上前来，打开手机微信的“扫一扫”，将车上的二维码扫入框内。一会儿，它提示我填上车牌号，又给出了开锁密码。我按照指令将每个步骤一步步做完，“哐”的一声脆响，车锁打开了！

这是我第四次骑行共享单车，前三次都是在旁边热心人的指导或孩子的亲为下完成的开锁程序，这次是独立操作，很有一种放飞的感觉。因为家人对我骑车总不放心，怕我在马路上再碰到莽撞人：“你不撞他，敢说没有人会不小心再撞到你？”——因为前年我在马路上骑车时曾被人无端撞倒，即使我倒地伤了手腕只当是一个概率很小的偶然，可是却让家人心有余悸，责令我不要上马路，只在院内玩儿，小心、小心，再小心。我虽然看上去还算是个温婉女子，内心却是大有不着调的时候，在领受家人的关爱之余，已经两次在马路上骑行，当然是慢行哟，牢记安全第一。

哈！小黄车，与我共锻炼的伙伴，此程与君同行，不亦乐乎！

我在大院骑行了两圈，楼群间行车道两旁分别种有杨树、槐树、银杏树。它们已生长多年，铺架起了枝叶繁茂的林荫小道。树上有小鸟叽叽喳喳，不时还听到乌鸦哇哇的叫声。此时，我想起了在那遥远的年代，我住在东城的一个四合院里，每到秋季的黄昏，就有成群结队的乌鸦哇哇叫着遮天蔽日地从天上飞过。我和表弟妹们赶紧爬上靠窗的大床，小脸贴在大大的玻璃窗上，专注地看这空中上演的壮观的一幕。这样的情景会延续不止一天两天。现在想来，世上怎么有那么多的乌鸦呢？三国时代曹孟德诗“月明星稀，乌鹊南飞”，我想那时的乌鸦乌鹊飞行起来可能也会有如此壮观的场面。此情此景，现在的孩子可是再也看不到了。

我从北骑向南。靠近大院南门的路边，早已摆满了早市的菜蔬瓜果，有叶子菜，有蒜薹、黄瓜、南瓜、土豆、胡萝卜、西红柿，还有杏子和樱桃、小甜瓜……断断续续有遛弯的人走过。在这悠然自得中拉开了又一个星期六的序幕。

出了南门，就到了一墙之隔的马路边的街心公园。它在钓鱼台国宾馆的对面，国宾馆一侧马路边植有松树，靠里面是一片银杏林。待到金秋时节，地上铺满了黄灿灿的银杏叶，人们纷纷在此观赏落叶，照相留念，也算城中一景。

我将小黄车骑行到街心公园，停靠在一棵将枝叶撑成伞状的松树下。树下有长椅，我坐在树下，看一会儿电子书《未来简史》，观看一会儿在小公园来回走动的路人。毫无例外地以老人居多，有扶杖前行者，有自己坐在轮椅上、让蹒跚学步的老伴推车练习走路的达观的老太太，她乐呵呵地告诉我什么样的袜子穿着更舒适。更有三五成群结伴打太极拳的拳友，也有遛狗的爱心人士，与同伴边走边聊，悠闲散步。行人大多慈眉善目，没有急事，没有大声喧哗，所有这些，彰显出一派娱乐升平的和平景象。这时，我也想起几十年前戴红袖章的老太太（街道主任）带领一帮大婶大妈深夜雄赳赳气昂昂地挤进我家九平方米的小东屋拿着手电往床下照，名曰“查户口”的可笑场景。那时的人可用“同仇敌忾”“横眉冷对”来形容。如今我也进入老年行列，相比之下，人与人之间的关系少了煞气，多了和气。

上班那些年，不管是从团结湖到南礼士路，还是从月坛北街到黄庄，我都以自行车代步。我与自行车有不解之缘。我的“凤凰”，我的“捷安特”，我的小飞轮加快轴！多少年，我与它们同甘共苦不分离。却是在退休后的若干年里，赶上了神偷巡视京城，数得上的就有近十辆车无影无踪。最先我还买好车，一辆辆地丢，最后两次我买旧车，又丢了一辆，现在硕果仅存的是一辆无人搭理的老破车，扔了也无人要——因为现在有了更方便出行的小黄车，更有了老百姓生活水平的改善和全民素质的更大提高。

我坐在公园的长椅上，看着我眼前的这辆小黄车。它的全身透着清爽帅气，黄色的车架在温暖的阳光下闪闪发光，车把、轮胎、脚踏、刹车、链条、飞轮……一应俱全。前后两个车轮忠实地值守在自己的岗位，银灰色的链条整洁干净，脚镫子似乎准备协同主人随时发力，支架像个大力士稳稳地将小黄车立在路旁。这辆共享单车像一匹跃跃欲奔的小鹿，像一个整装待发的战士，透着飒爽英气，给人一种奋发向上的激情和力量。

感谢共享单车的创意，感谢共享单车的提供者，感谢社会给老百姓带来的看得见的便利和实惠。“见微知著”，愿我们的生活越来越美好。

2017 年 6 月 11 日

## 骑行小黄车之忧

2017 年 6 月，我写了一篇小文章《骑行小黄车之乐》。自从京城有了小黄车，给人们带来了极大的方便：上下班可以不挤公交车，也可以不在马路上开那慢如蜗牛的小轿车。至于像我等闲散人员上街买个菜、下了公交车骑行一段不长不短的回家路，都离不开这小黄车。这时，见了路旁的小黄车犹如见到亲人一般，赶紧迎向它去。骑上小黄车，心里高兴，感觉很风光，由衷地感谢人民政府和小黄车的创意者。

共享单车“小黄车”在京城着实火了一把。只是好景不长。目力所及，相当一部分小黄车丢盔卸甲的遭遇可谓惨不忍睹。真想代小黄车问一问过路的行人和曾经的骑手：这是怎么了？

几辆小黄车停在马路边的步道上。我走到一辆小黄车前，扫码，开锁，上车。蹬车，与平时感觉不同，只见脚镫子空转，车不前行。疑惧间人随车缓缓倒下。两个路人见状赶紧将我和车扶起。笑称：没有链条，如何让镫子带动车轮转动？姐在玩杂技啊！呵呵。

幸亏故障发现及时，未出事故。我已经过百次以上的骑行，居然还如此大意，笑料险些成了危险信号。真是处处有雷，防不胜防！

小黄车进入百姓视野已有些时。它似乎从朝气蓬勃光鲜亮丽的年轻时代，快速地走向缺胳膊少腿的残废暮年。常常看到路边一片片的小黄车溃不成军地堆集在一起，人们看到它们那又脏又破的样子，心生同情之余多是不屑一顾和嫌弃之状。因为无能为力，只好见怪不怪地绕行，摆出一副与己无关的漠然神态。那么，管理人员又在哪儿呢？

啊，当初那雄赳赳气昂昂，列队马路两旁的小黄车精锐部队是多么的威武雄壮！它们承载着人们的喜悦和赞赏的目光，为人们的出行带来极大的方便。它们也是首都一道亮丽的风景线。曾几何时，它们又像垃圾一般堆集路旁，被人们嘲笑和唾弃。

每次出门，我都像心疼弃儿一样仔细观察摆放在眼前的小黄车。我也需要它们代步。可是，它们再也不是招之即能行的亲密伙伴，它们有它们难言的苦衷。有的车子少了座子，有的少了脚镫子，有的少了链条，有的开不开锁，有的连二维码的牌子都被摘掉，还有的在小黄车的轮子上外加一条链条锁，明明白白地写着“非我莫骑”……我还从电视和录像上看到，一辆辆破旧的和完好的小黄车被抛到河里，扔到无人区，堆成不会呐喊的垃圾山。小黄车如果能言的话，它们会悲愤地向损坏它们的身体、毁灭它们前程的无良施暴者发问：这是为什么？

任何一件新生的美好事物，它的成长和发展都需要有公益心、有爱心的人们的呵护和爱惜。要像爱护自己的东西那样爱护公物，这是每个有法律意识、有道德的公民应尽的职责。

在大力发展生产、满足人们日益提高的物质生活需求的同时，不是更应该加大精神文明建设，提高公民意识，让社会公德更上一个台阶吗！

2018 年 6 月 19 日

# 八、亲情篇

## 清明祭：我的母亲

又一年的清明节快到了。当此节时，“气清景明，万物皆显，因此得名。”这也是缅怀故去的亲人、扫墓祭祖和踏青郊游的传统日子。这个时候，我会不由自主地想到我的妈妈。

我有一双穿越时光隧道的眼睛。每当我想起妈妈，就好像看到一幅淡雅的水墨画：那个有着清澈的眼神、穿着竹布旗袍、满含笑意的年轻女子，阳光下，像披着光环的圣母。她举起爱的双臂，在满树槐花香的枝叶里，轻轻地托住了娇嫩的小女儿……

住家的院子里有一棵老槐树，夏天，它给院子里铺上一层绿荫。我和小叔叔一起高高地坐在枝叶繁茂的树杈间欢快地玩耍。风吹着树叶沙沙地响，就像远处鸽群的哨音。槐花一簇簇、香喷喷的，沁人心脾，令人心旷神怡。阳光从树叶间撒下一片跳跃的光点，像活泼的小精灵。那时，年轻的妈妈穿着竹布旗袍，身披金灿灿的光环，仰起俊美的脸，举着双手柔声说道：“钟慈，小心点，下来吧！下来吧！”

多么愿意将这散发着柔情爱意的一瞬间永远地、永远地凝固。这情景似一幅浓淡相宜的水墨画卷，清晰地刻印在我的心田。

我有一个能留存历史回音、唤起美好记忆的好听觉。每当我想起妈妈，就想到她清晨来到我的身旁，俯在我耳边，温存地唤起那个赖床的小女儿："钟慈，起床了，该上学啦！"我会不再装睡，幸福地一下子从床上跳起来，搂住自己亲爱的妈妈！

我有一个嗅觉灵敏的鼻子。每当母亲贴近我的身旁轻言细语时，睡眼蒙眬中，唤醒我的首先是鼻尖的留香——那清爽的感觉来自黑白牙膏的诱惑；那雅霜雪花膏的淡雅幽香，温柔地衬托了白皙漂亮的妈妈。

如果有人问，世上什么样的化妆品是最美的？我会毫不犹豫地告诉你："雅霜"雪花膏最美、最香！它的馨香永久地留在了我的嗅觉里，储存在记忆中。

我有一个好味觉。那清凉的薄荷炒鸡蛋的馨香，长久地停留在我舌尖的味蕾中央。那是妈妈的一片心意！记得小时候，我经常头痛。妈妈将薄荷叶和鸡蛋拌匀加糖用香油炒了让我吃。我吃在嘴里，甜滋滋，凉爽爽，香喷喷！可能是"药"的效果，更可能是精神因素，顿时觉得头脑清爽了。因为妈妈工作忙，我住在姨家，她周日才能来看我一次。妈妈的爱陪伴我长大，我就是最幸福的人。

妈妈教我做人：不卑不亢、清凉醒脑，伴随我一路成长。

我有一双能干的手。敏感、柔软、有力。在下苦力劳动的年月，能抡起大镐修马路，能挥起铁锹往大卡车上装砂石；宁可吐血也不喊苦，以我娇小的身躯抬起上百斤的汽车配件清理仓库……可是，我的手却没能拉紧妈妈的手，陪她走过老年时光。这是我心中永远的痛！

我没有妈妈漂亮，五官却处处留存着妈妈的印记。那是一个单纯、善良、典雅、高贵的灵魂，她历经痛苦和欢乐、希冀和忧伤，谦卑无怨地走完生命的短程，奔向快乐无比的天堂。

年纪刚过五旬却已满头白发的妈妈去世时，我二十八岁。时过境迁，感慨系之；二十一年后，我在下班骑车回家的路上，思绪飘回过去，不由得吟诗一首，怀念生我、养我、爱我的娘亲：

一缕青烟，一掬沃土；一腔热血，万千思绪。

二十八年养育之恩，二十一载天地各异。无碑心碑，无语花溅泪……

又是一个二十一年。清明节。

思念您，我的妈妈。

2015 年 4 月 5 日

## 我的姨妈

前天（2017 年 4 月 1 日）是我姨妈的寿辰，她今年九十九周岁，也就是民间所说的百岁。

姨妈姓张，兄妹五人，有三个哥哥一个妹妹（我的妈妈就是她的妹妹）。由大舅家超表哥发起，她的儿孙辈分别从郑州、承德、淄博、银川、三亚等地来到北京，给老人家祝寿。

姨妈穿着小儿媳给买的喜庆的红毛衣，在大家众星捧月般的拥簇下，坐到被宴席围成一大圈的圆桌前。桌上菜肴丰富，一个大蛋糕放在姨妈的面前。众人互致问候，由衷地将心中的喜庆话说给姨妈听。老人家嗓音洪亮，一声“饿啦，吃饭吧！”大家各就各位，笑嘻嘻地举起酒杯，共庆老人百岁大寿。

姨妈有五个儿女，在我的姨妈，也是舅舅家表兄弟们的姑姑眼里，我们都是她的儿女，几十年来，都曾受到她无微不至的关怀和照顾。在京城这个小小的四合院里，到处都有南来北往的亲朋好友的足迹，充盈着实实在在的温暖和无价的亲情蜜意。

六七十年了，这里是舅舅们来京办事和探亲的落脚地，也是兄弟姐妹亲朋好友们人来人往的“小旅馆”，也是我小时候生活了五六年的温暖的家。

我上高一时母亲因工作调往外地。想当年我一人在京，上学，工作，成家。丈夫在外地工作，夫妻分居多年，直至政策允许才办回北京。

在外地工作请长假不易。我小儿子的满月是在姨妈的洗洗涮涮中度过的。我要上班，照顾两个年纪尚小的儿子实属不易。姨妈主动提出，让我还未上小学的大儿子到她家来由她帮忙照看。那时姨妈已经退休，表弟妹们有的在外地工作，有的刚从插队处回京，家事也是头绪繁多，姨妈却毫不犹豫地为我解难。

儿子在姨婆家快乐生活，我还记得他的小勇舅舅巧手折叠的纸坦克等玩具，复杂多变，简直就是一件件精美的小手工艺品，令我赞叹不已！儿子爱吃肥肠，大家笑说是“给肚子加点油”。生活虽苦，快乐依然。

姨父曾在西南联大和北大参加地下党投身学生运动，新中国成立后在高校任马列主义教研室主任。因为言语不慎当了右派，工资由一二百元降为几十元的生活费，发配在外地，养过猪，受了不少苦。直至八十年代摘帽，以厅局级待遇退休。

姨妈经历坎坷，几十年来经受各种磨难，七十多岁时还做过一次治疗癌症的切除手术。老人家能挺过来，健康地走到今天，就是一个奇迹。有时我想，我也曾经历了艰难困苦的难熬日月，也算凡事看得开的人。可是比起姨妈的坚忍、豁达、大气，我还差得远！她所经历的若换作是我，恐怕在某一时间点的某一环节早已支撑不住。我高度敬佩和赞扬姨妈的精神气质和遇事的从容淡定。她的乐观豁达感染着大家，她面对人生的智慧给儿孙们做出了很好的榜样。

寿宴上大家齐说几十年来所经历的难忘岁月。超表哥说 1972 年他带几人出差来京，当年旅店住宿很紧张，还要登记排号，晚了就住不上了。他们到京已经快半夜了，这种情况下只能在火车站蹲一夜。情急之下找到我姨也就是他的姑姑，姨二话不说，在家里搭几个铺板，让同行的几个人也住在了家里。超表哥对我说：“家乡人到北京办事，时常会因为种种情况找到你姨家，给她添不少麻烦。但她总是热情招待、从不嫌弃。你大姨能活到百岁，与她宽厚仁爱的善良心地有一定关系。真是苍天有眼，善有善报！”

姨妈对外人尚能雪中送炭，对亲人更是有求必应。尽管自己身无分文，尽管自己能力有限，她却将全部的爱献给了大家！

生活困难时，姨妈的早点与儿女们的一样：用前一天晚上的剩饭菜加水煮一锅菜饭充饥。八九十岁时，早餐还喜欢喝一大碗各种豆子加米煮成的稠粥。现在饭量不如从前，早上吃个鸡蛋，一碗麦片粥，晚上喝一杯酸奶。她从不讲究，跟大家一起吃饭，饮食有度，吃什么都香。

姨妈曾经在通县（现为通州区）工作，那时最小的表弟还小，她每周一早上带着小表弟坐公交车去上班，家事交与亲如一家人的老保姆杨奶奶照料，由杨奶奶照顾和支撑着由几个未成年的小孩子组成的家。家中生活困难，吃窝头，捡菜帮子、买撮堆儿的菜是常事。多年后，除了大表弟毕业分配工作去了外地，其他四个表弟妹相继也到东北、内蒙古等地或兵团或插队。一家人聚少离多，直到后来表弟妹们才陆续回到北京。

姨妈生性宽和，从不将愁事挂在眉间。她以博大的胸怀承受苦难，化解不平，迎着二十一世纪的曙光快乐前行。她说：“我有一个堂姐活到一百零四岁，现在生活好了，我会比她还要活得长。”

姨妈身体好，近百岁的老人，头脑清楚，耳朵稍聋不影响听力，能吃能睡，喜欢看《百家讲坛》，听新闻联播。她的记忆极好，没事时就和儿孙们谈古论今，讲古老的家史，从经历的大事件到一些细枝末节，都在她那带有历史的沧桑感的叙述中清晰地凸现出来。而几拨儿照料她的小保姆，也都跟着她学会了下象棋。

这是一个和蔼可亲的老人，一个热爱生活、充满生命活力的老人，一个智慧的老人。

“家和万事兴”。有母亲身教在前，姨家的几个表弟表妹人人孝顺，个个努力工作，热爱生活。此次欢聚，也是姨妈与她兄妹及其子孙辈的张姓人家大团聚。明年，将由她的儿子张罗曹姓（姨父家族）亲友参加的亘岁庆宴。

家宴上，我们争相与老寿星合影，笑说一定要沾点老太太的仙气，也活过一百岁。

我的姨妈，我妈妈的亲姐姐，我的如同妈妈般待我的姨妈！

我的千言万语，化作浓郁的酒香。我和兄弟姐妹们一起，举起酒杯，共祝老人家健康长寿，快乐幸福！

2017 年 4 月 3 日

**后记：**

姨妈今年的百岁寿诞，仍然过得红红火火！（2018 年 4 月）

## 小学生荷月的快乐生活

——记老北京半个世纪的情缘

有文章说："东四胡同是首批三十个中国历史文化街区之一。人们大可到这里寻找老北京胡同味儿和人文历史。"翻开历史的画卷，在一个不经意的小角落，这里就记载着一个小学生普通而真实的童年生活，记载着老北京半个世纪的情缘。

### （一）学校，老师，同学

1

三年级一班来了一位新同学。当老师走到讲台前向大家介绍时，坐在教室前排的荷月看到这个新同学的脸红了。她的名字叫明明，高高的个子，白嫩的脸蛋，一头好看的自然鬈发，梳两条长长的辫子，笑起来两只眼睛像两弯新月，很是温柔、漂亮。不久，她们两人就成了形影不离的好朋友。这不仅因为她们住在同一条胡同，两家更是斜对门离得很近，而且两个女孩的脾气相投。

明明在学校喝水用一个小巧的铜制小茶壶，荷月看着很喜欢，即使两人很要好她也从来没有拿起仔细看过，只是远远地欣赏。因为她知道明明是个回民，不愿意让别人碰她的东西。大家都很尊重她的生活习惯。

荷月的父亲在她一岁时因病去世了。那时，正值战乱，他还是个失学的流亡学生。荷月的妈妈高等师范毕业后在家乡的小学教书，结婚后就不再工作，丈夫离世后更是万念俱灰，用她自己的话说就是为了女儿活着。新中国成立初，她的姐姐荷月的姨妈接她母女二人来到北京，妈妈参加革命工作，犹如拨云见日，心情很是畅快。她在中华全国供销合作总社上班，住在单位宿舍。荷月住在姨妈家，算是半个客，平日多受老保姆杨妈的关照。

荷月的个子不高，长得小巧玲珑，很是惹人疼爱。她在上一年级时，当冬季到来时，她就戴一个耸着尖角的绒帽子，穿得圆滚滚的，一摇一晃地去上学。远远望去，就像一个会行走的布娃娃。到学校后，经常有高年级的同学在遇到她时，爱伸手提一提她的小帽尖，顽皮地叫一声：“小窝头儿！”她从未注意过是哪一个或是哪几个哥哥姐姐在叫她，这些声音不大，却像一股清泉，沟通了她与那些大同学的感情，拉近了人与人之间的距离——她对四五年级的同学怀着一种无限崇敬之心，把他们看成是理所当然的大人了。

荷月聪慧、文静，性格内向。明明雍容、沉稳，能说会道。明明一家八口：奶奶、父亲、母亲、两个弟弟、两个妹妹。她是老大，有姐姐的气派，对荷月也像是个大姐姐一样对她保护有加。其实，从年岁上荷月比她还要大几个月呢！

上三年级的荷月是个快九岁的小姑娘了，走起路来却总爱摔跟头，膝盖上经常抹着红药水。她走路总是一蹦一跳的。有一天课间休息时，她们几个同学照例在一起跳皮筋，由两人分别拿着皮筋的两头拉成一条颤悠悠的直线，胳膊从低到高一节节地往高处举，边跳边唱："猴皮筋，我会跳，三反运动我知道，反贪污，反浪费，官僚主义也反对！"当荷月跳着抬起腿来够向一人多高的皮筋绳时，由于用力过猛，身子失去了平衡，一下子趴在了地上，摔得很重。人说小孩子不怕摔，荷月被摔蒙了几秒钟，不等玩伴有反应，很快就从地上爬了起来，继续她们的游戏。课间的小游戏，无论是男孩子之间淘气的追打玩闹，还是女孩子的仨一群俩一伙儿，都释放着自由欢快的气氛。

在荷月的同班同学中，有的年龄比她大，有的年龄比她小。不知何故，她们都无一例外地将荷月当成被保护的对象。小女孩子之间经常有吵架，有三天两头谁跟谁好、谁不跟谁好，然而，她们谁都跟荷月要好。平心而论，很可能一是因为荷月的功课好，性格中自有一种与众不同的孤独，她们觉得不能一般对待；二是荷月从不参与她们仨一堆儿、俩一伙儿叽叽喳喳的小圈子，除了跟大家一起跳皮筋、一起玩，再就是看小人书，心思没用在小女孩子间常有的斗气吵嘴上；三是荷月娇小，使这些小丫头片子也自然而然地生出一些恻隐之心，不忍或不屑于将她置于争吵之列。

每天放学回家，荷月就和家在附近的几个同学在一起做作业。她们都是好朋友，一起玩跳绳，跳格子，玩糖纸，拍洋画，捉迷藏……在跑跳中，荷月装在连衣裙的小口袋里的几张一分钱的小纸币就乘机快活地飘飞到地面，小女生们像做老鹰捉小鸡的游戏一样欢快地扑向它们。荷月最好的好朋友明明是个漂亮的小姑娘，有一头自然鬈发；她的奶奶是个干净利落、和蔼可亲的回族老太太。奶奶在院子里看见了小纸币飞舞的一幕，笑着将荷月拉进屋里，用针线结结实实地缝了一个小按扣锁住小口袋。从此荷月口袋里的几张一分钱人民币再也演不成胜利大逃亡的戏码，老老实实地等着荷月租小人书看时派上好用场。

荷月生活在同学的友爱之中。荷月童年的梦是温馨的、美妙的。然而，也常有不尽如人意的事情发生。在荷月住的小胡同里，东口有一个和她年纪相差无几的六七岁的小男孩，虽然没有拖着鼻涕却也是脏兮兮的。每当荷月上下学从他家门前通过时，他都要从家里跑出来追着打荷月，或者摆出一副打人的架势吓唬她。以至荷月每次路过他家门口都胆战心惊、不由自主地加快脚步，一路小跑地加速离开这一恐怖地带。这样的时候多了，荷月再也忍受不住这种磨难了，就告诉了她的妈妈。

一个周末的上午，妈妈带着荷月来到这个男孩子的家里，委婉地向他的家长说明了情况。从那以后，荷月的日子就好过了。每当荷月上下学时，这个小男孩仍然出现在他家的大门口，然而却不敢追打她了，只是用两只眼睛愤愤地瞪着她。又过了一段时间，就轻易看不到他了。是搬走了还是也上学去了？荷月不知道。只是心想，这是一个多么淘气的孩子！然而，他终究还是听从他母亲的规劝的。

## 2

姨妈家住在东四十二条辛寺胡同。那是进十二条胡同口往北拐再折为东西向的与十二条平行的胡同。

辛寺胡同，清光绪时称新寺胡同。因胡同中部北侧有一新建寺院而得名。宣统时称辛寺胡同，“文革”中曾改为“喜报胡同”，后又恢复原名至今。而十二条的称谓，则说是当年皇帝分给十二个大臣的，一个大臣一个胡同。当年在十二条新寺胡同建的这个寺庙为地藏寺，内有山门、地藏殿、娘娘殿等。这些都是在街谈巷议中听老人们说的。小时候荷月曾见有三五个穿灰布袍的尼姑从紧对着十二条口的一个大门（地藏寺）进出，不久那个大门用砖封住了，尼姑也不见了。

辛寺胡同十号在胡同的中段，那是一个有花园和假山的大院，过去是显要人士的私家花园，新中国成立后改成“儿童乐园”。小学生胸前别着“儿童乐园”的徽章可以自由出入大院，参与里面的各项活动。也有小人书看。是小学生课余活动的好地方。

靠近胡同东口的路边摆着小人书摊，那是小学生的最爱。小人书摊是由一个住在胡同里的老爷爷开的。他在板凳上并排搭两块门板，上面摆放上百本小人书，地上放了七八个小板凳，供孩子们看书时坐。

小人书摊是荷月每天上学必经的地方，也是她和同学们流连忘返的所在。

出了辛寺胡同东口往北拐二十来米、靠右手边的一个东西走向的胡同里，就是五显庙小学。离荷月姨家有十几分钟的路程。

五显庙小学院内操场旁边有一间紧闭的小屋，里面有耶稣挂在十字架上的雕像。小学生们当初不知小黑屋里的奥秘，一个个扒着窗户伸着脖子往里看，从捅破的窗户纸模模糊糊看到屋里的这一景，都不约而同地“啊呀”一声，带着惊讶的表情跑开去，再也不敢接近它。

后来听姨家小堂叔说，五显庙小学在新中国成立前叫惠我小学，是个教会办的小学。小堂叔曾在惠我小学上了一年学，后来转到了府学胡同小学。他说当年惠我小学设有英语班，还有神父，常带小学生们到八面槽教堂，还给小学生发圣牌。这样说起来比她大五岁的小堂叔和荷月还是跨年的校友呢。

## 3

荷月在五显庙小学上到五年级。

从一年级到五年级所有教过她的老师的音容笑貌栩栩如生，都记在荷月的心中。她一直记着他们，怀念他们。那是小姑娘荷月童年记忆的重要组成部分。

小学生最隆重的盛典是每周一早上的活动。周一早上，全校同学在操场上按班级排成整齐的队列高唱国歌：“起来，不愿做奴隶的人们！把我们的血肉，筑成我们新的长城！……”然后开始了一周的学习生活。

周六放学时，全校同学仍然按班级排队在操场集合，齐唱“五星红旗迎风飘扬，胜利歌声多么响亮！歌唱我们亲爱的祖国，从今走向繁荣富强！……”然后一一列队回家。

那一年，听闻斯大林逝世消息后，学校组织同学在操场低头默哀，表示沉痛悼念。荷月对死亡没有概念，也不懂事，觉着此举很新奇，低着头看着自己的鞋子还偷偷地笑。可能在当时，很多孩子也都像她一样懵懂和不解事理。

很值得留恋的小学生活哟！

一年级时的级任老师是杨老师。听说杨老师信教，她个子不高，利利索索、白白胖胖的，戴着一副金丝眼镜。现在想来她也就是三四十岁的年纪，可是在小孩子的眼中，她却像一个老得不知有几百岁的骑着扫帚的老巫婆，下凡来到学校负责看管小孩子。每天早上晨检时，她都要检查同学们的个人卫生，看哪个孩子手和脚没有洗净。每个人水碗、手绢、口罩是否带齐。她很严厉，同学们怕她，但是并不讨厌她，也很听她的话。

二年级级任赵老师是个斯文的、戴眼镜的五十岁左右的和蔼长者。他爱跟长得小小的荷月开玩笑，有一次课间休息，赵老师弯着腰一本正经又笑眯眯地问道：“荷月哪里去了？”荷月嫣然一笑，天真地回答：“不知道。”说完转身就跑了。

赵老师期末给荷月的评语有：“天真、聪明、活泼”等极尽赞美的词语。这就是当年那个小巧玲珑、不擅长与人交谈、更不伶牙俐齿的荷月。老师喜欢她，就像喜欢自家的乖乖孙女。她一直不忘那个爷爷辈的、戴眼镜的、和蔼可亲的赵老师，是他给了年幼的荷月以生命的尊重和欣赏，让她知道自己是多么的可爱。

后来荷月风闻，学校不让赵老师教书了，他在修建交道口电影院的工地上干活。

三年级时，有一天下课后，荷月长久地站在教研室外靠玻璃窗的台阶上，扒着窗户朝里看正在备课的班主任傅老师。然后，鼓足勇气进屋对傅老师说："傅老师，你长得像我的妈妈一样。"

就为了说这句话，她站在教研室外好长时间了。老师看着她，似乎很是意外，没有说什么，荷月也就很快地跑了出去。她不是想听到什么回答，只是想把自己的感受说出来而已。

因为老师也像妈妈一样剪着短发，像妈妈一样年轻；因为妈妈工作很忙，只有在休息日才能见到她。

她的妈妈在中华全国供销合作总社上班，荷月想妈妈，荷月想有个家。妈妈每周末都从单位宿舍回到姨妈家看望她，她曾在周末跟妈妈一起睡觉时，小声地告诉她："妈妈，结婚，音乐老师可以做爸爸。"

躺在床上睡觉的妈妈无言以对，默默地搂紧睡在身边的小女儿。

教她们唱歌的音乐老师很年轻，上课时总爱拿粉笔头扔向不听话的男孩子，以示警告。可是他的投掷技术欠佳，也可能是粉笔头太轻了，远没有达到理想的射程，就轻飘飘地呈弧线落到坐在前排的荷月的头上。虽然不疼，却是代人受过，她也就很委屈地用手掩面哭了起来。这时老师就很抱歉地对荷月笑笑。

没有故事，仅此而已。

但是这种经历似乎不止一次，荷月也因代人受过而不止哭过一次，给她印象很深，所以她想让音乐老师做她的爸爸，这样他就会格外小心粉笔头的去向了。音乐老师喜欢漂亮的女孩子，坐在后排的荷月的好朋友明明就常常受到他的表扬和青睐，而且也从来没有吃过他的粉笔头。

在音乐教室，同学们和老师一起欣赏冼星海作曲的《黄河大合唱》。在不起眼的小小的唱机里，听到了气势磅礴的抗日救亡歌曲和全民族的激情怒吼，仿佛看到了大海的波浪滔滔和抗日民众洋溢着的同仇敌忾的爱国热情，令人振奋，令人感动。课堂上老师播放的那些美妙动听的音乐和歌曲，激发了孩子们的爱国热情和学习精神，在他们年幼的心灵里播下了探寻外部世界的激情，给孩子们带来建设美好生活的遐想空间。

四年级时荷月的班主任是孟老师，他是一个瘦高个子的老头，讲课时一双蒲扇般的大手总是挥动着，让人望而生畏。几十年过去了，荷月仍然记得孟老师给她上的那生动的一课。

一次，荷月上厕所不慎一只脚掉进了厕坑，那是院子角落里单独的一间小屋，供全院大人小孩使用。鞋子脏了，洗了，没有可换洗的鞋子穿。于是找出了七姑家小表哥给的一双男孩子的皮鞋。那双黄色的皮鞋八九成新，小表哥穿着小了，荷月穿上有些大。没有鞋带，临时找了两根白鞋带系上，荷月很不好意思穿上它上学。她很难为情，不想去学校，保姆杨妈很体谅她的为难，就对到家里一起做作业的同学说："给老师告个假，没有鞋穿，明天不去上学了。"

不过最终荷月还是去了学校。那天，孟老师上语文课，特意让荷月站到讲台前，面对同学背诵课文。她的那双男孩子的系白色鞋带的黄皮鞋，也一览无余地呈现在同学们面前。荷月很紧张，磕磕绊绊地背完了本是很熟悉的课文，不安地低着头看着自己的鞋尖，觉得大家的目光都集中在这双鞋上。这时，耳边传来孟老师洪亮的声音："这双鞋不是很好吗？难道还要穿双水晶鞋吗？"荷月很羞愧，泪水模糊了双眼，只差没有一条地缝让自己钻进去。

孟老师让她懂得了什么是自爱：穿着绝不是第一位的。而孟老师上课时不时挥动的那双蒲扇般威严的大手，在岁月的长河中愈加显得温暖，透射出师道尊严和诲人不倦的光辉。

妈妈工作一段时间以后，在位于地安门大街的宿舍有了自己的家，把外婆也接来同住。后来，又搬到东吉祥胡同，住在西屋。院子不算小，有一个缝纫合作社就在有高台阶的几间北屋里，十几位阿姨天天在里面踩着缝纫机"哒哒哒"地劳作。南屋是一家广东人，爱听连阔如的评书《三国演义》，每天定时定点都会听到连老爷子的一声

“咳”和“哇呀哇呀——”战马由近而远的奔腾声。讲到三顾茅庐、三英战吕布、煮酒论英雄、刮骨疗毒、望梅止渴、草船借箭等段子，荷月听得如醉如痴。南屋主人还天天播放广东音乐、潮州音乐，可能是以此寄托自己的思乡之情吧。那用多种民间乐器演奏的抑扬顿挫的曲目，又将人从黄沙弥漫的古战场带到春暖花开的南方。

那年月只有很少的家庭有收音机，大家都喜欢听评书和民乐。南屋主人有意将收音机的音量调大，让全院人都听到这充满豪气的北方评书和充满民族风情的器乐合奏。每天，北方的粗犷、南方的优雅全都从收音机里散发开来，给这个普通院落增添了不少文化气息。

荷月有了家，有了爸爸。他是浙江人，一个革命军人，新中国成立后转业到文化部门工作。他是一个生性善良、工作勤奋、党性强又很自律的人。他的话语不多，在几十年的相处之中，荷月体验到了父爱的温情暖意。

荷月转学到黄化门小学，像歌里唱的一送红军、二送红军那样，同学们难舍难离，女孩子们把荷月送了一程又一程。穿大街、过小巷，从东四十二条过宽街、经北海后门、走南锣鼓巷、直到地安门的家中。她们既有依依不舍之情，又时刻不忘享受途中的欢乐。南锣鼓巷街道两旁支撑建筑的土墙有一人多高，她们沿路爬上爬下，追逐嬉戏，以至荷月的膝盖又磕破了好几处，小伙伴们纷纷跑过来，心疼地为她吹灰，用手绢包扎伤口。荷月没有哭，而是无限感动地破涕笑了起来。同学们又争相扶着她一路欢笑着、跑跳着。泪水和着笑脸，快乐无比。荷月深深地为同学们的真情暖意所感动……

在以后的许多日子里，每当荷月到姨妈家，都必然要到明明家去看望她和她的家人，并问及其他同学的近况。她们的友谊是一生长存的。而明明的年龄，就定格在了二十四岁。她的爸爸是某部机械厂的工程师，妈妈是连年获得优秀教师称号的小学教师。明明有先天性心脏病，在当年的医疗条件和经济状况下是难以治愈的。因为身体原因她也未能参加高考，做了一名小学老师。

明明住院期间，荷月到医院看过她几次。她脸色苍白却不失美丽，语音微弱，却依然笑对每一个人。在她病故后，家人按伊斯兰教风俗安葬了她，依习俗带给荷月一包回族的油炸面食。荷月睹物伤心，没有吃，将它们埋在自家屋前的小树下面。

## （二）书籍（摆在路边的小人书书摊）

小学的生活是快乐的。荷月和明明每天上学都要出了胡同东口拐一个弯才能到学校。在胡同口上，有个老人因陋就简地摆了一个小人书书摊：两个长条凳架上一张铺板，上面放满小人书。夏天摆在路边，冬天放回屋里。地上放几只小板凳。一分钱可看一本小人书，看书的孩子可坦然就座。有时候看书的孩子多了，只好两人合坐一个小板凳。荷月小口袋里的零花钱如果不丢失的话，大部分都在这儿找到了归宿。

荷月和明明几乎每天放学都要在书摊前停留一两个小时，坐在小板凳上津津有味地看书。书摊老人是个精于计算的人，从不多说一句话，却很严厉，把孩子们管得井然有序：租一本书只能一个人看，顶多边上蹲一个孩子伸头一起看；也不能互相交换着看。——当然这也是必要的纪律，不然乱哄哄的，谁也别想看好。

别小看这个极其简陋的书摊，这儿的小人书很多，内容也很丰富。有根据《聊斋志异》和我国四大名著编写的一系列连环画，还有《花木兰》《兰桥会》《孔雀东南飞》《西厢记》《墙头马上》《白蛇传》《十五贯》《柳毅传书》《张羽煮海》《孟姜女》，等等。荷月之所以对这些书印象深刻，过目不忘，除了内容好，更得益于每页的插图：很多小人书都是由我国很有名气的画家画的，许多当代著名画家在小人书领域留下了珍贵的墨宝。每个画家的画风不一样，看得多了，作为小学生的荷月也能一眼看出是哪位画家给这本小人书作的画。她不知道这些为小人书倾注了心血的画家多有名气，却以一个小学生的眼光从他们的画里欣赏到美。荷月甚至能对每位画家的特色简单地说出个一二来：那些线条的张弛和各种人物的神态以及嬉笑怒骂细微之处的描绘，整个画面布局散发出的那种风韵、那种气度，一看便能知是哪位画家的作品。

几十年后，当她看到一套新版的小人书《红楼梦》时，急急买了回来，看到插图后却大失所望。就像她长大后看了《聊斋志异》原著再也不愿看聊斋的电视剧一样。

先看小人书，后看大部头的名著，是小人书开启了一个小朋友对祖国文化的学习和启蒙教育。

小人书书摊除了以上提到的书，还有《卓娅和舒拉的故事》、高尔基的《我的童年》、伏尼契的《牛虻》、巴尔扎克的《欧也妮·葛朗台》……更有适合孩子看的童话故事、民间传说，如：《阿廖沙游历小人国》《安徒生童话》《格林童话》《伊索寓言》《哈哈镜王国历险记》《三只黑天鹅》《乌拉尔传说集》，等等。

这里是知识的海洋，是小孩子们张开幻想的翅膀自由翱翔的天堂。这些文图并茂的小人书就像一扇扇明亮的窗户，打开了孩子们的心灵之窗；像大海中的航船，引领他们在知识的海洋中远行。使孩子们在潜移默化、寓教于乐的文化氛围里获得了一辈子受益无穷的教益。

一天，荷月翻看一本小人书，名字叫《阿廖沙游历小人国》。说的是：小学生阿廖沙从厨娘手中救下了一只黑母鸡，而这只黑母鸡是住在阿廖沙房间地板下的小人国的首相。为了报答他的救命之恩，黑母鸡带他游历小人国，并晋见国王。国王答应送他一件礼物。阿廖沙很贪玩，想要一件不用学习就能取得好成绩的东西。国王没想到他会要这种礼物，叹了口气，怎奈已然答应了他，只好给他一个能满足他的愿望的小石子，并告诉他："随身装在口袋里，不要丢失；不要说谎，更不要将小人国的秘密泄露出去。"

自从有了那颗神奇的小石子，阿廖沙不再认真复习功课，老师叫他回答问题，他都能轻松地回答出来。从此，阿廖沙有恃无恐地在课堂上淘气、捣乱，而且把谁都看不到眼里，非常骄傲。一次，在课堂上老师又向他提问，他张嘴就说，得意时满嘴跑火车，把小人国的故事也说了出来。老师说："请你不要胡说，快回答我的问题吧！"阿廖沙这时却张口结舌，一句话也说不出来。他惊慌地摸了摸口袋——小石子没有了！

因为阿廖沙的泄密，黑母鸡首相受到了国王的处罚，戴上了手铐、脚镣。小人国也要搬迁到很远的地方……

画面上，一个小男孩流着眼泪，光着脚丫，趴在地板上，侧耳倾听地下车辚辚、马萧萧，小人国整个王国搬迁的声响。他后悔、难过、自责……

从此以后，阿廖沙痛改前非，成了一个努力学习、遵守纪律、团结小朋友的诚实可爱的好孩子。

小人国搬迁的画面感动了画中的阿廖沙；阿廖沙趴在地板上哭泣的画面感动了画外的荷月。她也情不自禁地陪着阿廖沙流下了热泪。

荷月喜欢阿廖沙这个有错就改的好孩子，喜欢这本文图并茂的、给她一辈子记忆的小人书。

如果说一个人的兴趣和志向是可变的话，那么，书籍就是人生的指路灯。在荷月上初三时，她偶然翻看了妈妈从图书馆借来的《说三国讲哲学》和其他几本哲学通俗读物，一下子就把她从文学的趣味中拉进了哲学的殿堂。哲学——这个当年被理解是充满阶级性、政治性的神秘而又深奥的学科，最终成为荷月不幸而又自作多情地选中的高考的第一志愿，成为她平生遭遇的第一个滑铁卢。她不知道，高考前的政审已让她因家庭问题而被列入另册，她觉得自己是那样不可思议而又轻而易举地一下子从小学、中学时代的三好学生，跌个大大的跟斗而成为一个不幸的落榜者。

至此，她的玫瑰色的梦才算告一段落。

## （三）京城风情

荷月是在五岁时和妈妈一起来到北京的。妈妈忙于工作，她像一只羽毛未丰的小鸟，落在了姨妈家的屋檐下，在这里快乐地生活了五六年。

姨妈家住的是老北京典型的四合院。大门口两旁有一对小石头狮子，进门一条三米左右长的门洞，有一间可能是过去门房住的屋子。前院是一排南房。院内还有一道门，正对这道门的是一面影壁，上面有一个大大的“福”字，后面是一个方方正正的四合院。影壁对面是正房，两边依次排列着东西厢房。北房坐落在高台阶上，台阶上两边放着盆花，房前有贯通东西的长廊，一对红漆的圆柱支撑着廊子，也给小院平添了不少气派。

院子里的地面是由大青方砖铺就的。两个大鱼缸里小金鱼欢快地游动着；院子东西两侧各种了一棵海棠树；还开辟了一小长条地，种了花、向日葵，还架上了一个大葡萄架。住在外院南屋的汪奶奶更是爱花如命，金银花、干枝梅、玫瑰花、茉莉花……香满前后两院。外院奶奶有五个子女，都很有成就，女儿在大学工作，她曾参加抗美援朝上过前线。女婿是部队的首长，大儿子是学校的教务长。南方人，孙子辈都以大毛二毛三毛依次排列，热热闹闹，其乐融融。

姨妈家的房子很宽敞，北房由木质雕花的门窗隔为三大间；两侧还各有一间耳房：一间做厨房，一间用来养了几只小鸡，让孩子们每天可以“叽叽叽”地与小鸡同乐。家里除了姨父、姨母和表姐弟妹以外，还有比表姐大一岁的小堂叔。姨父、姨母整日上班，全家的家务事都落到了杨妈的身上。

在老北京的大小胡同里，总能听到或是推车的，或是挑担的小本经营者的各种叫卖声。这就是所谓的“挑担卖浆者流”——京郊的农民赖以生存的生活空间。他们有的大清早从东直门外自家的地里摘下满满两筐新鲜的菜蔬，然后挑着担子一路小跑地来到城里的街头巷尾，有的推着两轱辘车，叫卖自家种的各种新鲜爽口的菜蔬，“黄瓜、白菜，茄子、辣青椒噢——胡萝卜、卞萝卜、大土豆、西红柿哎——”一声吆喝，临街几个门里的大婶大妈纷纷走过来，挑选自己中意的青菜。其实根本不用挑，想买什么装到自家的菜篮子里就行。卖菜的大爷大叔都口碑极好，卖自家种的菜，现摘现卖，新鲜又无农药添加，足斤足两，给住在城里的人带去了美味和便利。

那时，买方和卖方犹如亲戚间的互动互助。姨家孩子小，家务事多，靠杨妈一人忙不过来，杨妈就请了一个张娘来家里帮忙。张娘家在东直门外，每天提着篮子在胡同里卖鸡蛋，由此认识。有一段时间，张娘来家洗洗涮涮，帮忙带小孩子。全家老少，和谐相处，其乐融融。后来，张娘常带着新鲜鸡蛋来家串门，犹如走亲戚一般。

杨妈是一个爱唠叨的“老北京”，荷月听姨妈说，她年轻时曾经嫁过人，后来男人跑了，她也就再不成家，给人当了保姆。开始时孩子们随大人称呼叫她杨妈，后来相处时间长了，如同一家人。孩子们大了，她也老了，自然而然地改口尊称她杨奶奶。她在姨妈家干了二十多年，最后在姨妈家终老，这是后话。她既是保姆，又是管家。姨妈生性老实，不善理家，又加上上班地点远，早出晚归，家中的生计大政及一切杂事都由杨妈管理。

杨妈有一副好嗓子，当一年年表弟妹们相继出世后，杨妈的嗓子派上了好用场。每当表姐躲轻闲到外院玩抓包时，“小香——”一声响亮而悠长的呼唤，即刻就抓来了从不敢怠慢一分钟的小表姐。在杨妈那不含恶意的斥责声中，表姐担起了一半的家务。抱弟弟、妹妹，哄他们玩儿，到外院自来水龙头处接水，抬水，择菜，扫地，刷碗，给弟妹洗洗涮涮……

杨妈在家中是有绝对权威的，不过她的威风也仅止于使在表姐身上。究其原因，一是她有重男轻女的思想，对比表姐大一岁的小堂叔从不呼东唤西，况且小堂叔还是长一辈的人；二是其他表弟妹年龄都还小，荷月虽然年岁大一些，也比表姐小了四岁，又还是半个客人的身份，所以也只有表姐勉为其难地在家挑重担了。她放学回家抱孩子、洗衣服、做饭，和荷月一起抬水时还体贴地将水桶尽量往自己那边挪，让自己承受更多的重量。每天晚上还给包括荷月在内的几个孩子洗小脚丫儿，替熬不了夜的荷月抄课文、写生字……她能干、肯干，虽然也免不了要唠叨几句以发泄自己心中的愤懑，但绝大多数时候都是任劳任怨地手脚不停地忙碌着。

小堂叔是个聪明、瘦弱的男孩子。俗话说："长嫂如母"，他在姨妈家明显地处于尊贵和受宠的地位。不过他生性腼腆，从不仗"势"欺人，表现出温和善良的好性格。他的功课很好，荷月二年级时，他就以高分考上了好学校市五中。

童年的生活是快乐的。没有那么多的功课，即使偶尔有回抄书，而荷月又困得抬不起头来时，大人也不会勉强她。这时杨妈就发话了："小香，去帮荷月把书抄完了。"小香就嘟嘟囔囔地去应付那本不属于自己的功课。小香是姨妈家的大表姐，姨妈家相继有五个表弟妹出世，荷月六岁到姨妈家时，只有两个表弟妹：荷月的大表弟、大表妹分别比荷月小三岁和五岁。平心而论，比起他们的弟妹来，他二人受到的爱抚和照顾要多一些。一是那时孩子少，二是姨父还尚未挨整降薪。

荷月的表弟妹是一对漂亮的安琪儿，两人相差两岁。那时是学习苏联"英雄妈妈"的年代，鼓励多生孩子。从荷月四年级起，表弟小永、表妹小玲、小表弟小熊三人也都先后来到世上报到了。他们都无一例外地在家玩两三年，在三四岁时围着白兜兜，胸前别一条小印花布手绢，手拉手地每天自己过马路到府学胡同幼儿园上学，或者坐着工人叔叔拉的有车厢的三轮车跟小朋友一起到幼儿园。二十世纪五十年代，城市人口还没有急剧膨胀，马路上车流不多，几乎没有小汽车，自行车也不常见，只有有轨电车“when、当、当”地响着，沿着轨道慢吞吞地前行。大人忙不过来，让小孩子自己过马路上幼儿园也是司空见惯的事情，那时交通秩序良好，小孩子听话，大人也放心。

他们五兄妹相互之间各差一两岁左右，再加上小香和荷月，在家里常常是大孩子看小孩子。大孩子在院子里玩，小孩子在院子里爬，爬台阶、爬台阶两旁那两块有斜坡的长石条——那是他们玩的小滑梯。再加上东屋、西屋、南屋几个年龄相仿的小孩子凑在一起打打闹闹，真是其乐无穷，快乐无限。

南屋在影壁墙外，南屋老太太被街坊邻居官称为外院奶奶。她有四男一女，都学有所成，女儿参加过抗美援朝，女婿是部队高干。她的孙子、外孙子也都在她身边，由她和保姆王妈一手带大。她的大孙女与小玲同岁。十几年里，她的孙辈们按南方称谓，取名大毛、二毛、三毛、四毛……一直排到小九妹。不过，当年荷月在时最小的是三毛，能在院子里爬，与大家一起争抢玩意儿玩，四毛还躺在小推车里呢。

然而更多的时候，荷月还是和她同班的同学一起玩。

她们在院子里玩“跳间”，姨妈家的院子是由方砖铺就，正好一个大方砖成了一个大格子，连划线都免去了。还玩扔包，夹包，踢毽子，跳皮筋，拍洋画，收藏漂亮的米老鼠糖纸……总之，当时所有女孩子爱玩的她们都玩。她们觉得，天地真宽阔、院子真大，这个院子给她们提供了那么好的娱乐场所，盛满了那么多的欢乐！春天，台阶旁的两棵海棠树争相开出粉红色的花骨朵儿；冬天，在小堂叔的带领下，她们又在院子里堆出了一个那么大的雪人。

时隔三十年，影壁早已拆除，院内的大方砖早已在“深挖洞”时撬走，院中间只留下凸起的土堆，几盆花孤零零地摆在土堆上。当年的防空洞成了废弃的菜窖，四周搭建了很多间小厨房。当荷月从外院三脚两步就跨上台阶进到姨妈家时，她不禁回过头，却惊奇地发现，当初孩子们嬉戏的天堂竟是如此的狭小！

可是当年它盛满了孩子们的欢笑声时，却是像一个鼓满风帆的小船儿一样的神气呢！

最受孩子们欢迎的游戏要算是小堂叔发起的捉迷藏了。这时，参加者就只有小堂叔和姨妈家的几姐弟还有荷月了。有一次，荷月被抱进大衣柜里，坐在衣柜上面，再用一件衣服挡住身子，关上柜门。谁也没有找到她，她作为胜利者欢笑着从柜子里自己爬了出来。

藏洋画的游戏更好玩了。姨妈家有很多小画片，每张画片上都是或三国，或水浒，或红楼梦中的人物画，或昭君出塞之类的仕女画。每张都很别致、精巧。小堂叔将它们巧妙地夹在被子里，压在枕头下，插在刻有雕花窗棂的木隔断门上，放进笔筒里……无处不在。每张洋画虽然都露出点头儿，却又都是那样难于寻到。这就更加激起了大家的玩兴。当他们每人都找到三两张或很多张的洋画时，就像是得到了大人的赏赐一样高兴。

小堂叔考上市立五中后，有一天他在家里搞实验：拿个瓶子，用苏打等原料制作汽水。荷月等一干小不点儿围成一圈，蹲在旁边，目瞪口呆地看着小堂叔“变戏法”：瓶子里的水咕嘟咕嘟地冒着气泡，实在是神奇极了。

表姐和荷月躺在一个床上说话时，看到她的身边有《浮士德》《少年维特的烦恼》《新儿女英雄传》等在荷月看来是大部头的书。荷月翻开一本书，正是聊斋里的《画皮》，有插图，那尚未披上画皮的鬼怪让荷月看到就害怕，赶紧将这本书放了下来。

## （四）命运

几年后，小堂叔以优异的高考成绩落第中国科技大学被分配到了师范学院。二十年后，小堂叔已经成了一名优秀的中学化学老师。一次荷月和他闲聊起来，他不无感慨地说：“我很喜欢我的职业。想起来，我的第一志愿就应该报师范，而不是什么科技大学。”

后来，他当上了中学主管教学的校长、区政协副主席、市政协委员。

荷月知道，小香表姐是家中的主要劳动力，同时，她也在一定程度上影响了这个家庭的前程。当时正值困难时期，上中学的她，热情活泼积极向上，也很有政治头脑。她曾向荷月说：“要学会看报纸，要能从字里行间看到没有写出的意思来。”她曾和她的父亲吵过架，很是气愤，就抓住了她父亲在家说过的过头的话，告了她爹爹一状。再加上她爹爹曾给学校领导提过意见和一些莫须有的原因，在反右斗争快结束时，学校又不失时机地将她爹爹补为右派分子。荷月的姨父曾是西南联合大学和北京大学的地下党员，新中国成立后在高校任马列主义教研室主任，还曾被评为高校优秀工会主席。昨是而今非，教马列的“反马列”，姨父每月一二百元的工资顿时变成了几十元的生活费。由于孩子众多，本来就不富裕的他们，更是雪上加霜，家境一下子落了下去。多亏了保姆杨妈，在贫寒中支撑着这个家。夏天捡菜帮子，买撮堆儿的和成筐的便宜菜，冬天吃腌雪里蕻、喝玉米面粥、吃窝头就咸菜。十几年来，虽无好饭好菜，却也勉强填饱了老少十余口人的肚子。

表姐小香高中毕业以后，彻底与家庭脱离关系，响应国家号召，支援新疆建设。在新疆大学毕业以后，当了一名中学语文老师。她的老伴是北大毕业的一名律师。若干年后，她曾经回京省亲。几十年来，她与家人一直生活在新疆。退休了，年纪老了，回到北京，与在京工作的女儿一起生活。儿子在天津，两地跑跑，也还自在。

小学毕业，荷月获得了三好学生证章。

初中三年，她连续获得优良奖章，并被保送上了高中。

高中毕业，由于“政治不及格”，荷月未考上理想的大学和专业，被分配到北京城建委办的城市建设财会班。那是附设在北京建筑工程学校（曾为北京建筑工程学院，后又改为北京建筑大学）的一个大专性质的培训班，连续招生三年，为北京市城建系统培养财会人员。

学习一年半后，提前分配参加工作。时为1965年1月。

1966年年初，作为宣传部门的培养对象，单位委派她和另一个女同学参加市委党校新闻班的学习。没多久，就开始了一场史无前例的大运动。

八十年代初，社会兴起办学热。北京市总工会率先办了北京市职工大学（后改称北京市总工会职工大学）。三十五岁是当年报考业大的一道年龄坎儿，荷月积极要求这难得的学习机会。工会领导看荷月如此期待，给了她这次机会，说她只要能考上就上。荷月用不长的时间捡起了高中的课程，通过了考试，开始了新的生活征程。

那是一段值得记忆的日子。她艰难地挤压生活、奢侈地用四年的业余时间，不无遗憾地“圆”了自己十八年前、十八岁时的大学梦。在此期间，她以较充裕的时间捡起了对文学的痴爱。除了对知识的渴求以外，更为一种心灵的补偿：为的是，从此梦中再也不要反复出现一次次在考场应试的场景……

至今，小学生荷月已过了一个甲子，经历了半个多世纪的风雨春秋……

现在，她已是儿孙满堂的奶奶辈了。可是，在老北京的小学的记忆，快乐的小学生活，永远是她脑海中某一个角落里的温馨记忆。

每当记忆的阀门打开，那种快乐和温馨令人心旷神怡，她仿佛又回到了少年。小学生时代有那么多天真美好的故事，年轻的生命似火，是那样地喷薄欲出，笑向未来！

这就是发生在十二条辛寺胡同十五号的小故事。

忆昔抚今，荷月不禁感叹：“小时候的眼光，天真无邪，看什么都是美好的。这种感觉实在是好！几十年过去了，问问自己，可好？可好！祝愿我的家人、朋友，永远有一颗未遭尘世污染的快乐的童心。”

## 亲情，乡愁

### （一）

2009 年 9 月 9 日至 21 日，我到河南唐河县老家一访。这是我六十年来第一次踏入故土。先到了郑州九姑家，11 日我去祁仪乡看望了九十岁的老干娘，时间虽短，但这是我此程的重要事情之一。我和九姑在十二哥家小住，每天吃着家乡特有的风味面食，感受着浓郁的亲情和家人体贴入微的关照。大爷家的十二哥是县政协委员，是这个家族唯一固守在本土的老知识分子，他家也是家人回乡的落脚点。热心的九姑从郑州与我同来唐河，她和十二哥、十二嫂不惜以八十岁的年迈之躯，下顾陪同我这个资历、年龄都比他们小得多的人故地重游，以惊人的记忆力回顾那个时代这个名门望族的家史，给我讲述那尘封的往事。一幅幅历史画卷栩栩如生地展现在我的面前，令我震撼，令我感动。岁月将我和这片中原大地紧密相连，就像少小离家的孩子见到了久违的袅袅炊烟所感受到的温馨，又像有了一种树叶对根系的依附之情——这是我的家乡，是生我养我的地方。

今年（2015 年）五一的前夕，我又回到阔别多年的家乡。依旧和九姑一起住在十二哥家，为的是与远在美国归家探亲的十五哥、十六哥见上一面。

几天后，我从郑州回来了。带着一路风尘，带着大半个世纪的心中影像，带着浓浓的亲情，带着昨日的乡愁和今日的禅心。也带着牵挂，带着思念，回来了……此行圆了十五哥、十六哥几十年来见一面的心愿。我默默祷念：此次一别，愿大家心安！

## （二）

生活在两岸和世界各地的亲朋，他们的共同记忆里都有我——一个出生才十二天的小女娃。

那是 1945 年 3 月末的一天，按当地风俗，冯三爷给小孙女办出生十二天的喜庆酒，俗称“吃面”。这相当于其他一些地方的给小孩子办满月。听长辈说，爷爷的欢喜是由衷的。他破天荒地不拄拐杖，兴冲冲地走了近八里地；见人便笑，掩饰不住他老来得孙儿的快乐，而且是在农历正月一个月里得了俩孙儿——早几天，他得到远在北平的七姑娘的来信，于正月生了一男孩，是比孙女大十八天的外孙，起名尊超。可谓双喜临门，福分匪浅，焉能不乐！七姑让兰在北京师范大学毕业后，由六伯作伐嫁给哲学教授张先生为妻。伉俪情深，三十几岁方得一子，可谓大喜过望。从此便放下工作，一心相夫教子，其乐也融融。这也让她的父亲冯三爷放下了一桩心事，焉能不喜！

早年间冯三爷在县里曾与另几位同仁一起编修县志，他还是当地小学校董。他身材微胖，身穿长衫马褂，为人很是和蔼庄重。家乡尊师重教，礼贤下士之风甚浓，听老辈人说，每年春节，他都要设几桌酒菜招待学校的教员。酒席桌上每个座位前都写好了一个个教员的姓名，按资历深浅长幼次序各就各位。当大家到齐后，三老夫子踱步出迎，长揖一礼，声音诚恳而带有感情地说："列位同仁，为了子侄孙辈小子的长进，大家辛苦育才又是一年。某作为学校校董深表感激。在此略备水酒，为各位洗尘，望不必客气。请各位自便!" 又是一个长揖，飘髯而去。教员们受此大礼，加之鱼肉米酒，教学中纵有多少辛苦不快也烟消云散，纷纷举杯痛饮，谈笑风生，大有士为知己者鞠躬尽瘁的侠肝义胆。

冯家三老夫子尊师礼贤之名遐迩传颂。加之他的财产、辈分，在这一带是很有声望的。这次为小孙女举办出生十二天的“吃面”庆典，时逢乱世，三爷身体又欠佳，于是他不主张大摆宴席，只邀请自家人和亲朋好友到北院一聚，摆了十二桌酒席庆贺小孙女的诞生。

晌午前，外婆家的大舅奉外爷之命，早已从八十里外的源潭镇张岗村赶着牛车来到祁仪。大舅张瑄光大学毕业后在开封做了一名中学教员，时逢寒假，回家省亲，正好赶上自己最小的妹妹淑光的小女十二天吃面宴，便遵从父命依风俗备厚礼前来祝贺。听干娘说，大舅招呼人们把车上的几个箱子抬下来。打开来，只见箱内装着小被褥、四季的小衣服、小鞋袜，还有五顶各式样的小女娃的花帽子，都是精工细做，漂亮极了。还有挂面、小米、红糖、米花、鸡蛋等适合月子里的吃食，在当年的乡间可谓是锦衣玉食，很是风光。大舅带来了外爷全家对女儿和外孙女的亲情和美好祝愿。三爷亲自冲好待客的米花红糖水茶，递给远道而来的亲家。

大院里人来人往，好不热闹。虽说是自家人办庆宴，仍有闻信而来的乡绅士宦、乡里乡亲。除了大人以外，还有年龄小一些的九姑、十姑、十一叔，更有四哥、八哥、十二哥、十五哥、十六哥，七姐、十一姐、十二姐等若干“钟”字辈的兄姐们。当年堂兄姐们大多还都是十几岁的少年，遇到家中如此盛事，欢呼雀跃之情可想而知。

这天是农历二月初十。天下着瑞雪，客厅里宾主举杯，正房里三爷捻髯含笑，望着花团锦被里的小孙女。一切都是那样的美好、和谐。

忽然，“嗡……”由远而近，飞来一架飞机。据十姑讲，她正和同伴在院子里玩，抬头看到机翼上似有美国国旗的标识，高兴地一边用小手指着飞机、一边欢呼“盟机！

盟机！”忽然，天边传来一阵机器的声响，“伯呀！”十姑娘发现情况不妙，小脸变色，连喊带叫跑入正房，冲着三爷叫道：“来日本飞机了！”话音未落，飞机从人们头顶上掠过，“咕咚咚……”一阵机枪扫射。紧接着从飞机上扔下一枚炸弹，“哗啦啦……”炸塌了东厢房的一堵山墙。众人惊叫着，从屋里跑到屋外，又从屋外跑到屋里，小孩子还有钻到桌子底下的，乱哄哄一团，不知躲到哪里好。三爷指挥大家：“快到东山山洞去！”三爷身胖走得慢，带着九姑娘在后面慢跑，听到机枪扫射，就赶紧拉着九姑娘趴下。

“哪儿啊？哪儿啊……”小生命在奶娘的怀里抖动着，扯着嗓子大声叫喊，是在欢呼自己生命的到来，还是向那动乱的岁月发出的第一声呐喊？

几个月的颠沛流离，冯三爷病倒了。阴历四月，三老夫子病故。临危，他还不忘叫奶娘将小孙女抱到身旁看了又看，亲了又亲。小女娃浑然不知爷爷病危，更不知爷爷对她是如此疼爱有加。而当她知晓这一切时，不禁悲从中来，对天为之一大恸！

## （三）

半个多世纪以后，很多亲友还记得冯家宅院里一个名叫钟慈的小女娃十二天的“吃面”宴。

不是这个小人儿多有名气，恰恰相反，她是这个群芳荟萃的大家族里最无能的一个。之所以大人小孩子念念不忘这一天，是因为这一天遭到了飞机轰炸，众人皆作鸟兽散，喜庆宴未尽而祸从中来。一喜一惊，给当时的大人和小孩子都留下了深深的印记，以至几十年都不忘。不忘这一天，更不忘这出生才十二天的小女娃。而这一天，随着抗战的激烈进行，也成为百年来冯家宅院里传出的最后一次欢笑声。

冯家三门：连排的三座院子分别住着冯氏三兄弟，人称大爷二爷三爷。二爷家的六伯比十四侄女钟慈整整大了五十岁，早已成为大学问家走出国门校门自立于世；七伯作为地质学家和地质教育家，也携眷在外。他们以无比坚定的爱国情怀，在西南联大教书育人，度过了艰苦的战争年代。1944年年末，二奶去世之后，二爷的老院已是人去屋空。南院大爷和北院三爷家，则还有很多一二十岁的青少年，在抗日战争胜利前后，他们也相继走出大院，在各个地方、从各个方面续写自己的多彩人生。

岁月无痕，人世沧桑。当年十来岁的学生娃都成了白发苍苍的老者。在世间摸爬滚打经历了诸多变故的亲人们，还清楚地记得这惊天动地的一天。我每次与九姑、十姑、四哥、四嫂、十二哥等人相聚或电话联系，他们都会像重播一部历史回放片一样，绘声绘色地向我讲述当年的一喜一惊。

在他们各自的日常生活中，在他们聚会的时候，他们将这个小女娃念了几十年，他们共同经历了十二天吃面宴进行中的飞机轰炸和世情的沧桑巨变。这个在他们心里挥之不去的日子里，寄托了他们的欢乐困苦和乡愁。

当年四嫂和我妈妈曾是同班同学，她们也是闺中密友。八十年代的一个夏日，四哥四嫂从台湾回故乡省亲后，又来到北京，我到燕京饭店见到了他们。我从未坐过电梯，也不知道电梯如何开启，就一路小跑上到了十几层。来到房间，我的脸上和身上的汗水就像雨点一样哗哗地不停往下落。四哥四嫂惊奇地看着我的狼狈相不知所以。他们和我说起了往事，不停地感叹说，你的外爷是一个绅士啊，你的母亲又是多么的聪慧、知书达理……很久，四哥看着衣衫简朴毫无修饰的我深情地说："妹，你还是很年轻的啊。"

是啊，很多事他们知道、我不知道；很多人他们知道我、我不知道他们。年长于我的堂兄姐们怀旧、念旧，我从他们的言谈中领略过往的历史。

世上"灵魂深处的执着相守与深情对望"在不同时代、不同人群、不同个体当中有不同的表现形式，却有着一个共同点。那就是：时间再久、哪怕是五百年；距离再远、哪怕是千万里；思想观念哪怕再不相同；行为处世方式哪怕再不一致，都不构成沟通的障碍，更不构成互相疏远的缘由。相反，让这种情感更有质感，更真实。原因么，你懂，我也懂。——我们彼此互懂。

此次十五哥和十六哥及家眷结伴从旧金山回国，他们先到咸阳看望了自己的老姐姐，然后到郑州看望九姑，再去老家探望——老家设立有六伯冯友兰先生的纪念馆。十六哥在香港办了画展。叶落归根，他在郑州也与当地博物馆商议在家乡办画展的事宜。他们都是八十多岁的人了，我此行就是赶到郑州与他们会面。因为时间的原因，他们几次回国我都没有见到。听说他们到郑州和九姑说的第一句话，就是问："钟慈来了没有？她在哪儿呢？"

我终于和十五哥、十六哥见面了！千言万语，最后是无语泪先流……

2015 年 5 月

## 岁月情思

一晃住某大院宿舍近三十年了。

在这之前一直住我单位分配的房子，那是新建的团结湖小区里一套六七十平方米的住宅。在二十世纪七十年代末，这里就是住房条件很好的地方了，我很高兴。小区的周围，是一眼望不到边的农田。我所住楼房与一个水果冷藏库有一条马路之隔。每天后半夜，都能从睡梦中听到马车隆隆、马蹄嗒嗒的声响，夹杂着赶车人快乐的吆喝声和清脆的鞭哨声。那是一曲连绵不绝的交响乐，从远至近，再由近至远，声音从微弱到渐强，从高亢到销声匿迹。那是一支浑然天成的音乐，忽悠着我的思绪天上人间自由飞翔。

后来，为了节省上下班的跑路时间和孩子的上学问题，我和单位同事调换了住房，从朝阳区搬到了海淀区，住进单位自建的宿舍。那里离上班地点很近，是一个五十多平方米的小二居，小巧玲珑，布局合理。那时的家具都是请人手工打造的，单位分发的水曲柳的木料质地好重量轻，家中陈设的大件如立柜、桌子以至床铺，我都能一人搬动，所以当年家中的布局常变常新。先生工作忙，顾不上家事，于是我将挪动立柜桌椅床铺当成了业余爱好，隔三岔五几十平方米的小屋常常花样翻新。先生于无可奈何之际戏称我是耗子搬家，不过他进得家门来，也会有耳目一新的感觉。我的大儿子从这里上中学又考入了大学。工作后又获得经济学硕士学位。

那时，大儿子在外地上大学，我们常带着小儿子在近处的街心小公园散步、照相。在假山旁，上小学的小儿子给我们两人照了一张充满笑意阳光灿烂的照片，保留至今，那是他玩简易的傻瓜照相机的开始。他的兴趣多多，学书法，学小提琴，学围棋，虽然都未成今后的职业方向，却给他的人生之路增添了鲜花和无限的魅力。

在这之前的若干年，我和先生结婚时住在单位的宿舍。因为住单身宿舍的只有我一人，别的同事在京都有家，单位领导成人之美，恩准我在此处安家。不久，行政领导又特意找房管所协商，将白塔寺能仁胡同内一间不足九平方米的小东屋分给了我。那个院子呈长方形，东西长，南北各有一字排开的墙贴着墙的小单间，东屋就在最里面，成为与大门相对的狭长四边形的一边。现在，这一片风水宝地已经是高楼林立，旧貌换新颜了。

当年我工作时间不久，同事都比我年长，他们像大哥哥大姐姐一样对我关照有加。我还记得，我的新婚被子是自誉为“全和人”（指父母双全，儿女齐全之人）的技术科王姐姐缝的，我们取暖用的煤炭是保卫科、宣传科的两位兄长般的同事用大木箱抬来的，足够我们用上一冬。这间小屋，充满了人间温情爱意。

随着人民生活水平的不断提高，我的住房条件逐年得到改善。如今，我在这里住了也有三十年。早上沿街散步，心情好舒畅，周边环境好漂亮。今年四月刚从南方回京，很长时间没来街上散步了。只见满眼绿色，养眼怡情。在绿树掩映下，紧挨着街心公园的一排朱红色的墩子楼房里，我看到了六层楼上我曾住了六七年的温馨小屋。当年这栋楼的这个房间里经常在深夜灯光通明，引来住对面楼房同事的讶然问询。先生告诉他：“那是我的小儿子彻夜在灯下攻读。”功夫不负有心人，他从四中考上了清华，考取了加拿大注册会计师。工作后又取得金融学硕士学位。两个儿子快乐生活，努力工作，是我们心中最大的安慰。

家是什么？诺贝尔文学奖获得者、现代杰出现实主义剧作家萧伯纳说：家是世界上唯一隐藏人类缺点与失败，而同时也蕴藏着甜蜜之爱的地方。

家，是什么？我用学到的、看到的、经历着的、思索过的全部知识来回答，可能都难以得出标准答案。

在现阶段，家是社会组织最基本的一个经济单位，承载着生产、生活和养育下一代的责任。家有亲情。家是你

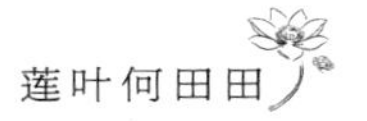

可以精雕细琢的工艺品，也是你休憩的港湾……

傅雷的家就相当于一个精雕细琢的工艺品。他们父母子女之间谈音乐，谈理想，谈生活，谈做人。他们坚持自己的理想和信念，宁为玉碎，不为瓦全。

家还可以是夫唱妇随、伉俪情深的高雅所在。如钱钟书、杨绛夫妇的家。

家是一个大屋顶。屋顶下的一家人，表演着具有这个家庭特色的合唱、齐唱、二重唱，伴唱、独唱，以及多声部唱。它可以是一部迷人的交响乐，也可能是演练阶段的试唱……

家是小朋友的乐园，年轻人向往的天堂，中年人的舞台，老年人一唱三叹的地方……

家，就是飘浮在历史的天空中的尘埃和微粒，是我们赖以生存的地方。我从小生活在北京，我与此地难舍难分，这里有我美好的年华和难忘的记忆。岁月悠悠，沧海桑田。我珍惜每一个鸟雀啁啾的早晨，珍惜与我们共行的四季；每个季节有每个季节的美好景色，就像我们的人生那样跌宕起伏。

我还想告诉大家，要珍惜爱你和你爱的人们，珍惜亲情、友情；那是我们一生的财富，呵护不尽、取之不竭。

2016 年 5 月 17 日

第三辑

# 小诗

## 苍茫云海，是神话的故乡

庄周梦中，化蝶飞。蝶飞、心飞，自由飞！

太白梦中，着谢公屐、登青云梯。抬望眼，见半壁海日、闻空中天鸡。

……

梦中，野马也、尘埃也，天之苍苍，亦真亦幻。

梦醒，见星光点点，思绪万千。天姥山上风光无限！

## 藏头诗——诗词歌赋桃花源记

诗情花季时
词吟白头闲
歌啸在敬亭
赋诵洛川边
桃颜改橘色
花间一苇然

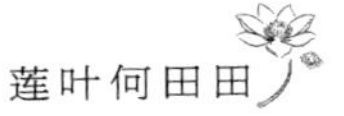

源自唐河县
记我半生缘

**后记：**

社会生活就像是个万花筒。任何一个字词都概括不了人生之旅中五味杂陈、瞬息万变、丰富多彩的生命印迹。我们只有体味这一切。（2018 年 1 月）

## 再回首

我欣赏这段时光
不光因为它的奇幻无比
还因为
超越光速的飞驰
我看到了另一个自己

我因它而文思泉涌
我因它而蓬勃向上
我因它而忘掉年轮
我因它而生命张扬

我欣赏它
就是欣赏我自己

我留恋那段时光
惊异于人生中的
出其不意

那是激情的燃烧
那是荒原雪域绽放的
耀眼的新绿

那可是心灵深处
创造的奇迹

站在生的末端
回望百年风云
站在崇山之巅
遥望天际霞光
苍茫云海
亦诗亦幻……

## 引　领

在苍茫云海之上
一只鹰在展翅凌空飞翔
它引领着梦幻者

走过了一段五彩缤纷的生命征程
那是用春夏秋冬四季的灿烂铺就的心路
那是一份生的呼唤
人性美的张扬

它是在庸常的日子里
听到的一曲悦耳的音乐
是荒径中的一泓清泉
是一首难忘的诗篇

它热望生命的回归
不论在生命的哪一个阶段
都愿意站在高耸的山巅
一览众山风光无限
放眼星空深奥无边

## 青春赞

青春是一首歌，
激昂嘹亮；
青春是小夜曲，
甜美悠扬。

青春是火，
喷发的是炽热的焰；
青春是一面旗帜，
它在攀爬顶峰的途中
高高飘扬！

青春是一树绿荫，
百鸟争鸣；
青春是春暖花开，
勃勃生机，
万花绽放！

青春是天，
晴朗、旷远；
青春是地，
博大、无边！

青春是未知的世界，
孕育着多少梦幻、憧憬；
青春是竞技的战场，
让年轻的热血沸腾、奔放！

青春是海风，
吹拂年轮的纹；

青春是花露，
抚平岁月的痕。

你是高高的树，
你是高高的天，
你昂首站在那里，
你就是标杆！

## 赞　叹

身披落日的霞光
愿柳丝儿系住金乌的翅膀
一日何其短哉
不容犹豫和彷徨

那红晕染透的火球
携着相依相惜的彩虹
深情款款
隐入大海的温柔

赞叹生命的灿烂
感谢万物的滋养
周而复始

斗转星移
阿波罗的战车
再一次从海面腾起

生命如歌
谱写人间最美好的乐章
生命如尘
那时时闪烁在夜的流星
划过慵懒的云朵
还生命
探索苍茫的激情

赞叹生命
它因年轻而张扬
珍惜生命
它因磨砺而隽永
闪亮

## 小花（一）

我看见一朵小花
从书页里张开来
在田野怒放

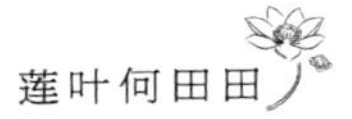

它的花期不长
在有限的时光里
勃勃向上

只要一缕阳光
一滴雨露
它都满含深情的
感动
还有那灿烂的
笑模样

2015 年 10 月 3 日

## 小花（二）

我在诗人那里
看见那朵不知名的小花
它夹在书页之中
安详　无语

它是否曾经风情万种
它是否曾经香艳无比
它是否留恋阳光大地
它是否历经暴风骤雨

它是那样淡然
看惯兴衰荣辱
它是那样平凡
无人探知它的来历

我的花儿呀
你从哪里来
又到哪里去
你这样一朵无名的小花呀
我不敢因为你的平凡而漠视你

因为你比我更有魅力
因为你比我更懂得珍惜
即使你花颜枯萎
你的唇
依然亲吻在浓郁的墨香里

2017 年 8 月 24 日

**注:《小花》(1) 写于普希金诗《一朵小花》读后当日**

附:普希金《一朵小花》

我看见一朵被遗忘在书本里的小花,
它早已干枯,失掉了芳香;
就在这时,我的心灵里

充满了一个奇怪的幻想：
它开在哪儿？什么时候？是哪一个春天？
它开得很久吗？是谁摘下来的，
是陌生的或者还是熟识的人的手？
为什么又会被放到这儿来？
是为了纪念温存的相会，
或者是为了命中注定的离别之情，
还是为了纪念孤独的漫步
在田野的僻静处，在森林之荫？
他是否还活着，她也还活着吗？
他们现在栖身的一角又在哪儿？
或者他们也都早已枯萎，
就正像这朵无人知的小花？

## 爱

（欣赏：完美的小提琴和小号的深情“对话”，一曲充满梦幻和迷离的旋律，余音绕梁、回味无穷……）

爱
你是天上的云雀
　　歌唱春天
音色清澈
　　婉转悠扬

爱
你是高高的白桦树
　　迎着风儿歌唱
你的声音是那样浑厚
　　嘹亮

我愿栖息在
　　你茂密的叶间
共同歌唱
　　歌唱春天
歌唱生命的辉煌

## 印　记

迸发着
激情火星的诗行
已在时光中
燃成灰烬
珍珠串起的散文
撒落在
海水浸漫的沙滩

我在诗的余烬中

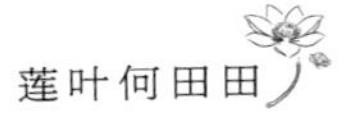

感受烫手的
悸动
我在沙滩上，捡拾
片片散文的
痕迹

心情
是永不磨灭的诗文
诗文
是一行行心情的
印记

## 思　念

我把思念写在天空
蓝天是我的长卷
白云是我的诗情
广阔无垠

我把思念汇入大海
水深处波涛汹涌
水面光洁如缎
微波微澜

我把思念撒向沙滩
那晶莹的细沙粒
那绵长的海岸线
是我悠远的祈盼

我把思念抛上椰林
那累累的椰果
是心的千千结
多汁香甜

我把思念飞向花丛
那盛开的花朵
是春的气息
秋的颂赞

我把思念铺满绿原
天苍苍呵野茫茫
奔向青天越上山岗
漫漫无边

思念蓝天
思念大海
思念鲜花绿野
思念椰林沙滩

那里有我对青春的热烈向往
对生命的无限眷恋
思念
我的悠远　绵长的思念

## 思　绪

思绪是利剑
劈开了心脏
一半快乐
一半忧伤

思绪是雷电
炸裂了天穹
一半艳阳高照
一半大雨滂沱

思绪是火焰
点亮了心灯
一半高歌猛进
一半凤凰涅槃

思绪

无思，无绪
飘飞
无有踪迹

## 牵　念

海
碧波荡漾水连天
兰舟行
剑指天外山

松
银杏路前一葱茏
曾记否
风光显峥嵘

用绿色将大地装扮
用墨蓝衬托星光灿烂
登上武夷山巅
看松枝直插云天
山风吹笑了遍野的山花
如蚁的车辆
盘旋在大山的怀抱间

天是爹
地是娘
天
何其深邃无垠
地
何其辽阔无边
山
绵延起伏
巍峨壮观
天地之子呵
像沙粒般散落在天地间

沙
可聚可散
宁愿学飞沙走石酣畅淋漓
豪情展现
不要像手中沙
无声地轻易从指缝间滑落
失散

思绪万缕
飞不过晴空万里
柳丝绵长
牵不住西坠的斜阳

牵一丝
那岂是路遇者的回眸
挂一念
那是山和水的肝胆

牵念高山大海
牵念椰林沙滩
牵念菩提树下的鸽群
牵念远飞的大雁
牵念过往的行旅
牵念大江东去的豪迈诗篇

牵念
岂止是为了追赶一颗流星
追寻的呵
是那盏
点燃理想和生命激情的
明亮心灯

## 那　时

那时
我嫌时光走得太快

太阳
月亮
似乎同时在天幕上闪现
分不清白天和夜晚

如今
柳丝儿牵绊住金乌的翅膀
玉兔儿留恋银河的沐浴
而延误了值班
一天是那么的久远

看秋水长天
观潮起潮落
呵！白茫茫
渔舟唱晚
汪洋一片

可曾留意
高山流水
雨打芭蕉
白雨跳珠
撞击出的
六色五颜

## 雨天，晴天

昨天下雨了
却忘记打伞
今天带伞了
却见阳光很灿烂

暴雨洗涤蒙面尘
彩虹天边挂
阳光晃着我的眼
泪如雨下

## 幻

我欣赏肥皂泡的五彩斑斓
又想究其耀眼下的真实

我吹破了肥皂泡
光彩也不复再现

## 我心惆怅

我心惆怅
我泪盈眶
为了那转瞬即逝的年华
还有那不可企及的向往

我笔笨拙
我心忧伤
为了不被人认可的疯狂
还有那十字架下的无望

## 愁——读辛弃疾词《少年不识愁滋味》

愁在月下树梢，银盘炫彩，只是离天太远。
愁在林荫花影，幽深寂凉，练达方晓冷暖。

少年何曾知愁，竞相争上层楼。
欣然游走，满目青山满目秀，
却道心中无限愁。

大悲无声，

大愁无形。

楼梯堪负愁几重！

2015 年 11 月 8 日

## 绿 荫

这一片绿荫

　　可能遮挡住尘世的喧嚣

大自然的四季变换

　　总会看到生命的不屈不挠

## 如 果

如果

你是一棵稻草

我就是那

将稻草

抓住不放的人

如果
你是一只风筝
我就是那个
随风飘飞的
快乐的人

如果
你是一只鹰
我就是那飞上蓝天
探寻视野最大化的
幸福的人

其实
生活
就像一面镜子
看见的是稻草和风筝
照见的
却是另一个
真实的
自己

## 谁 曾

谁曾和我如此深切地交谈

谁曾让我如此深刻地认识自己
谁曾同我经历春夏秋冬的洗礼
谁曾令我感叹唏嘘

不仅是曾经
还是现在
不仅是感动
还是在意
不仅是飞絮
更是充盈的印记
不仅是亲朋
更是自己

我在镜中看到了自己
我在冲撞中认识了自己
那是一扇天窗的开启
看到的不仅天外有天
天之下是那广袤厚实的土地
扎根于现实生活
才懂得生命应该如何珍惜
潺潺兮流水
时光再难觅

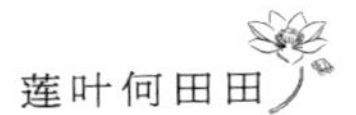

# 我　愿

我愿做南海的涛头
轻轻拍打温润的沙滩
那波浪翻飞的潮水
就是思绪涌动的诗篇

我愿做枝头的小鸟
憧憬蓝天飞上云端
那清脆悦耳的鸣叫
就是展望理想的哨音

我愿做天边的晚霞
簇拥夕阳亲吻海水
那灿烂辉煌的瞬间
就是生命的赞歌唱响

我愿是一朵洁白的云
与蔚蓝一起装扮飒爽的秋天

我愿是一株结满果实的椰树
展示自己四季的大气

我更愿是一头快乐的猪
对世间的冷漠和愚蠢不屑一顾

## 我多想

我多想
驾着神奇的太阳车
沿着时光隧道
回到少女的春天
婀娜的裙摆，淡雅的笑颜
花儿羞容，鸟儿聆听
那五彩斑斓的青春梦想
那“大江东去”的慷慨激昂

我多想
弹起思念的琴弦
遥拜我的母亲
我那美丽、善良、赤诚的母亲
祭奠那峥嵘岁月
我的汗水
我的眼泪
我的热血
我的青春

我多想
挥起时光的利剑
浓缩对青春的无限怀念
白发如云
额纹似笔
在天际
续写对生命的深情礼赞

## 我喜欢

我喜欢快人快语
通达、畅快、幽默、风趣
不喜欢云遮雾罩、浮光掠影

我喜欢李白的仙气
苏东坡的大气
那是明月之诗
大江东去

我喜欢狄更斯的《大卫·科波菲尔》
艰难的岁月
苦难的人生
也不乏童趣、童心

他的文字好温馨

我喜欢《双城记》《基督山伯爵》
那是狂风暴雨
激情澎湃的人生

我喜欢《钢铁是怎样炼成的》《牛虻》《枫橡树》
那是英雄主义的诗篇
钢铁战士
铁骨铮铮

我喜欢《白鹿原》
那是深入民族骨髓的历史画卷
我喜欢散文的不拘一格
却看滥了那些风花雪月
无病呻吟和矫情

我喜欢丰子恺的文字和画风
贴近生活
贴近心灵

我喜欢白居易的《琵琶行》
司马青衫泪
无关身份、无关年龄

无关性别、无关学识
那是人性中的纯真

我喜欢《红楼梦》
它对人物性格的真实解读
活灵活现
展示社会风情和人生

我喜欢《聊斋志异》中的女子
敢爱、敢恨
敢作、敢当
柔情与侠气集于一身

我喜欢蓝天的明净
宁可栖身于浩渺
也不混迹于尘中

## 荷花的笑颜

杨柳的绿丝绦
　　倒映在水面，
摇摇的
　　像欢快地追逐

游戏群鱼的水草。

满池的荷叶
　　缀成层层绿色的绣毯，
簇拥着
　　一枝枝傲然绽放的
灿烂笑颜。
　　荷叶闪着晶莹的露珠
它幸福地笑了！

荷花将一片片红色的
粉色的
白色的花瓣，
优雅舒展；
它的笑容更加迷人，
醉倒看花人的朦胧泪眼。

静静地聆听呵！
柳荫下
荷花旁
一个声音穿空而过，
像乐队指挥手中的魔棒
将笑颜推向蓝天——

“六月的夏天，
　　我有笑。
我的笑，
　　温润了冬天的寒，
　　像夏花一样灿烂！”

感谢风铃带来的笑声，
那是上苍的美好祝愿！
感谢满池荷花的笑颜，
那是人生四季的又一个春天！

## 藕的心愿

我是一只塘泥下的莲藕
多希望
你能看见曾经的我
亭亭莲叶如盖
荷花清雅绽放
那勃勃的绽放
那优雅的清香
曾是我最美丽的衣裳

如今

莲花已褪尽光艳的色彩
只有有缘的你
看到了残花败叶下的
雍容绽放

那是出淤泥而不染的执拗
那是炎夏历练的荷的精粹
那是对世间无私的倾心给予
那是对青春和梦想的终极奉献

## 雨打芭蕉

那七彩灿烂的光谱
孕育出一颗晶莹的雨滴
雨滴
率性地飘落在芭蕉树上
宽厚的蕉叶将它稳稳托住

是雨滴的邂逅
还是蕉叶的注目
雨滴滑遍温润的叶片
是雨滴的不舍
还是叶子的眷恋

雨滴、叶片，相依、相伴
雨滴、叶片，无牵、无绊

那是一颗带泪的雨滴呵
追寻生命
悄然而来
心中千千结
寂然离去
化作护花泥
来去无踪迹

不经意间
又听到
雨打芭蕉的千头万绪

滴答、滴答
滴、滴、嗒、嗒……

## 读“爱因斯坦遗言”有感

不要怀疑
人生中除了
爱情，亲情

还有难以理喻
难以斩立决
难以闭目无视的
人性的大爱

就像天上除了月亮
　　还有星星
就像物质世界以外
　　还有暗物质
就像除了光明
　　还有黑洞

你能说
暗物质是妖魔
黑洞是鬼怪
不是妖魔鬼怪
搅扰了
宇宙的和谐
恰恰是这些“看不见”
维系了
宇宙的浩瀚

就像你
浅尝辄止的探究

怎能知晓
心灵的奥妙
爱的博大胸襟

没有星星的陪伴
月亮
岂不显得寂寞、难耐
月中嫦娥和吴刚
给人们以遐想
冰凉的月亮
因嫦娥的舞姿
　　而曼妙
因吴刚的伐树
　　而阳刚
因桂花的飘洒
　　而馨香

爱是一团火
爱是巨大的能量
爱创造了世界
爱成就了天堂

人生中
有许多种爱

千万别让爱
成为一种
伤害

## 观赏名画《蒙娜丽莎》

有时候
她用迷茫的眼神望着你
不是因为她的呆痴
而是因为你的冷寂

有时候
她的目光超越你
向远方凝视
不是因为她的高傲
而是因为你的不屑

有时候
她向你绽放迷人的微笑
不是因为她的狡黠
而是因为触到了你心的一角

有时候

她希冀款款走下画来
拈花含笑
不是因为她的奇思妙想
而是因为你的深情召唤

你的真诚
你的在意
你的孩子气的脾气
成就了蒙娜丽莎
旷世之笑的神秘

**后记：**

这幅名画，实在了得。每个人都从画中看到了自己所见，还有世人更多的视觉印象。说她笑容的神秘，一点儿不假。难怪引来世代观者人皆仰之、心向往之。有谁敢说对她的微笑所含韵味能概括齐全呢？（2016年12月）

## 洛神赞

（曹植有《洛神赋》，文字优美，情真意切，可歌可泣。敬仿写赞。）

（一）

凌波微步舞清流，
翔于神渚采明珠；
进止往还无常则，
飧落英兮步踟蹰。

仙之人兮在水一方，
子之思兮人神道茫，
叹知遇兮泪之浪浪，
洛之神兮
山高水长！

（二）

缘念飘零兮
思念无边。
二次月圆兮
相知若百年。
长吟永慕兮
若往若还。
余其何幸兮
相识回眸间！

天不假我兮
且吟且叹。

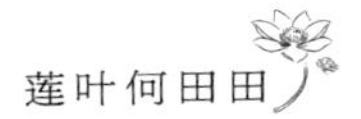

汝之幽兰兮
令我忘餐！

## 寄东风

去岁六月槐花开
风携馨香扑君怀
今年天涯沦落客
不见东风入梦来

## 痴人游（观画）

一条小路曲曲弯弯细又长
引我奔向太阳升起的地方
那里有茂林修竹，曲水流觞
有草色入帘
帘外溢书香……

我盼顾追寻……
近前来，
却见山不高，仙人抚琴；

水不深，虎啸龙吟。
烟雨朦胧，
好一派画中景象！

## 江南游（赏画）

江南好
小桥倚翠丛
天低树高鹊儿舞
草绿花红见峥嵘
石上泉流声

## 北海游（琼岛怀古）

碧云天
芳草地
芙蓉出水
水上绿叶肥
牵肠柳丝挂天宇
雕栏画舟
却是泊无绪

锁琼岛

光绪帝

日夜筹谋

却不过天意

皇城别院清如许

浊酒几杯

竟无半分醉

## 湖北游（过山界）

常忆绵山叠翠

蜿蜒行疑无路

凿壁穿岩驰

又闻俚语三度

景物

人物

沧桑巨变无数

**后记：**

不久前的一个夜晚，忽忆多年前的湖北之行。届时主人如数家珍般地与我等遍观三峡库区蓄水前的人文景观，游览各县风土人情、地理风貌。每绕过一山，就会听到有别于前一处的异样口音，还能吃上农家土鸡汤菜。真是大快朵颐、大开眼界。时过境迁，往事往景仍历历如在眼前。纪念此行，写小诗《湖北游》聊以消遣。见笑。(2014 年 6 月 17 日)

## 夏

碧云天
长街翠
槐花飘满地

晓风徐来
枝摇花曳
恰似游人醉

## 秋

叶无华，
随风起舞，
自弃于篱下。
羡园内叶挺菊傲，
叹自身风流不潇洒：
“是秋风将满园春色关住啦……”

“不，”风儿说：
“你是一片飘零的秋叶！
无根无梢，
没有头脑，
在秋日的阳光里，
你忘了将自己打理好！”

## 星

遥远的星空
有一道七色的彩虹
弯弯的彩虹两端
是河汉女和牵牛星

虹桥慨作筏
迢迢望眼穿
盈盈迅微步
相思一水间

千年绝唱绕寰宇
万古情缘震撼天
牵袂言欢青衫湿
一年复一年

# 月

月如水
它的柔情溢出天际
月如镜
它的清辉洒满人间

月圆
是心的安详
月缺
是披上了梦的衣裳
将心遮挡

涨潮
是心的飞扬
落潮
是心的静养

天之涯
海之角
一只远洋的海燕
傍明镜慎独

沐清辉疗伤……

## 树叶沙沙

树叶沙沙
是风的影子
晚霞绚丽
是雨后的妆容

星空灿烂
是夜的衬托
灵魂的呐喊
将沉睡的宇宙惊醒

晨光熹微
睡意浓浓的含羞草
慵懒地
张开了它的眼睛
菩提树下的鸽群
呼啦啦
一扫晨的寂静

## 夜的墨色

夜的墨色将白日的色彩遮盖
白天的五彩缤纷却实实在在
味觉尝遍了酸甜苦辣
视觉看世事缭乱眼花
听觉多频道五音杂沓
触觉像惊恐的小鹿不知归家

我看到了车流滚滚高楼林立
不见了我旧时的蜗居和街邻的笑语
坚实的混凝土筑成隔绝的空间
你我在空旷的天际寻求灵魂的默契

## 看 海

夜雨唰唰
　　轻扫无尘的静美
蔚蓝如绸缎
　　酣卧在霞光里
波涌

翻腾
咆哮
怒吼
无不展示它内在的生动
可是朋友
最养眼的
还是那
深沉清澈和一望无际

## 四　季

春的气息令人难忘，
我骑竹马绕过你身旁，
绯红的脸蛋，
漂亮的裙裳。
我拖着清鼻涕，
频频将你望！

夏日的荷花别样娇，
我打马在你门前奔跑，
骏马奋扬蹄，
心若旌旗摇。
神交的恋人啊，

清晰又缥缈！

秋天的枫叶遍山野，
我注目与你擦身而过，
飘洒亦端庄，
无由话短长。
世间的事情啊，
无言却难忘！

冬天的雪景白茫茫，
我扶杖走过你的身旁，
槐花落满地，
岁月伴夕阳。
南飞的大雁啊，
心系槐花一瓣香！

## 父 亲

父亲
永远是那样年轻

他不曾让你看到他衰老的一面
他用坚忍的双肩支撑起一方天

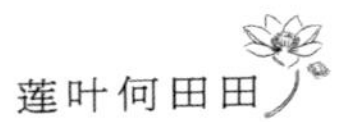

他病了没有苦痛没有怨言
面向你的永远是欣慰的笑脸

这就是父亲
那是一座不可企及的大山

## 家

像
小鸟
扑扇着翅膀
飞回了
温暖的家
这儿有兄弟姐妹
还有亲爱的爸爸妈妈

外面
飘洒着
深秋的落叶
却
丝毫
不输给
繁花似锦的
夏花

# 待到你我花甲

待到你我花甲，携手共赴天涯。
黄山华山泰山，峨眉武夷琅琊。
北海东海南海，山南海北遍踏。
青山绿水长存，你我笑影入画。

待到你我花甲，瓜棚豆架喝茶。
《聊斋》手不释卷，花仙狐媚品咂。
蓝天白云相伴，汗下蔬果桑麻。
柴门迎送挚友，陋室琴棋书画。
依依回眸一笑，奇谈胜过傻瓜。

待到你我花甲，欣喜相伴归家。
亲朋相认相识，热炕热土热茶。
武曾劈波斩浪，文则妙笔生花。
生死本是常事，怎能惧此忘它！
青梅竹马伴侣，笑迎天边晚霞。